흑백세상, 무지개

흑백세상, 무지개
발　행 | 2023년 10월 13일
저　자 | 송예림
펴낸이 | 한건희
펴낸곳 | 주식회사 부크크
출판사등록 | 2014.07.15.(제2014-16호)
주　소 | 서울특별시 금천구 가산디지털1로 119 SK트윈타워 A동 305호
전　화 | 1670-8316
이메일 | info@bookk.co.kr

ISBN | 979-11-410-4745-0

www.bookk.co.kr

흑백세상,
무지개

송예림 지음

목차

무지개 속에서 만난 아이들

1

회색빛으로 물든 하늘이 유난히 어둡게 보이던 날이었다. 무채색의 세상에서는 그것이 익숙한 풍경이었지만 그날만큼은 유난히 더 어색하고 어둡게 보였다. 길가에 피어있는 민들레, 잡초들과 꽃이 피기 시작한 나무들은 회색빛을 띠고 있었다. 솔솔 부는 바람을 느끼며 생각 없이 길을 걸어갔다.

한참을 길을 걷다 보니 눈앞에는 나무들이 무성히 자라난 숲이 나타났다. 그곳은 태어나 처음 보는 곳이었다. 그러데이션이 일어나며 마치 세상이 바뀌어 버린 듯한 그곳은 이루어 말할 수 없을 정도로 놀랍고 신비로운 곳이었다. 처음 보는 그곳은 넋을 잃고 볼 만큼의 공간이었다. 무엇인지 알 수 없었으나 한참 동안 멍하니 그것들을 바라보았다.

"예쁘지?"

한 남자의 목소리가 들려왔다. 갑작스러운 남자의 등장으로 놀란 나머지 다리에 힘이 풀리며 넘어지고 말았다. 그 남자는 내 또래로 보였다. 남자는 넘어진 나를 붙잡고 일으켜 주었다.

"미안해. 놀라게 할 생각은 아니었어. 그냥 여기에 온 사람은 나 이후로 네가 처음이라서……."

"……여기는 어디야?"

"그건, 나도 잘 몰라."

그 남자 또한 이곳의 정체를 잘 모르는 듯했기에 나는 더는 무엇을 물어보거나 하지 않았다.

우리는 서로에 관해 이야기했다. 그의 이름은 장범진으로 나와 같은 열일곱 살이었다.

"취미는 사진 찍거나 하는 건데 이곳을 알아버린 뒤로는 다른 것은 하나도 눈에 들어오지 않더라고. 뭔지도 모를 공간의 신비로움 때문일까."

"그럼 넌 어쩌다가 이곳을 발견한 거야?"

"그냥, 집에 있기가 싫어서 나왔는데 무작정 걷다 보니 이곳이었어."

"집에 있기가 싫었다고? 왜?"

범진은 잠깐 아무 말을 하지 않았다. 잠깐 그러고 있다가 이내 입을 열었다.

"그건 말하기 곤란해. 나중에, 나중에 이야기해 줄게."

그런 말과 함께 비슷한 눈빛을 내게 보냈다. 나는 그 눈빛을 보며 차마 어떠한 말도 할 수 없었다. 그 때문에 나는 침묵을 이어갈 수밖에 없었다.

밤이 될 때까지도 나는 아무 말 없이 그 자리를 지키며 멍하니 그 공간을 보았고 우린 그렇게 아무 말도 하지 않은 채 헤어지게 되었다. 집으로 돌아간 이후로는 말없이 늦게 들어왔다는 이유로 혼이 나긴 했지만 내 머릿속은 오로지 오늘 있었던 일로 가득 차 있었다. 내일 그곳에 다시 가면 범진이 있을까. 왜 그 애는 다음 말을 이어 하지 않았을까. 그 생각들이 밤새도록 내 머릿속을 지배하여 나는 잠을 설쳤고 새벽 한 시가 넘어가서야 잠에 들 수 있었다.

*

다음 날은 주말이었다. 늦은 시간이 되어서야 눈을 뜬 나는 간단히 아침 겸 점심을 먹은 뒤 준비를 마치고 어제 그곳으로 다시 가보았다. 아무 생각 없이 걸었던 탓에 가는 길이 잘 기억나지 않아 몇 번이고 길을 헤매었지만 기억을 천천히 되짚어 보며 끝내 그곳을 찾을 수 있었다. 그곳은 바람에 흩날리는 나뭇잎만 존재하고 있을 뿐 범진은 어디에도 없었다. 나는 그 숲 한가운데에 앉아 멍하니 그곳을 바라보았다. 그 숲이 어떤 곳이고 무엇인지 몰랐지만 거부감이 든다기보다는 익숙하고 마음이 편안해졌다.

나는 한참이나 그곳을 바라보고 있었다. 그러다 뒤에서 들려오는 목소리로 인해 고개를 돌렸다. 뒤를 돌아보니 그곳에는 범진이 서 있었고 그는 가볍게 손 인사를 해 보였다. 그 모습에 나도 작게 미소 지어 보였다.

"오늘도 왔네."

"응. 그냥, 또 오고 싶어서."

"어제 내가 끊은 이야기가 궁금해서 그런 건 아니고?"

범진의 말에 나는 아무런 대꾸도 하지 못했다. 그것이 사실이었기에 답 대신 그의 시선을 피할 뿐이었다. 내가 시선을 피하며 아무 말도 하지 않자, 그는 웃으며 내게 말했다.

"괜찮아. 내가 그렇게 말을 끊었으니 궁금해할 만도 해."

말을 끝내고서 범진은 내 옆에 자리를 잡고 앉았다.

범진은 웃고만 있었고 우리는 한동안 아무 말이 없었다. 그런 어색함이 한참이나 이어졌을 무렵 내가 먼저 말을 꺼냈다.

"궁금하지 않으니까 이야기 안 해도 괜찮아."

"진짜? 진짜로 안 궁금해?"

"⋯⋯네가 이야기하고 싶지 않으면 안 해도 괜찮아."

그를 슬쩍 쳐다보았을 땐 희미하게 이루고 있던 그의 미소가 사라진 상태였다. 이야기는 안 해주겠다 싶었기에 그냥 아무 말 없이 앞을 바라보고 있는데 범진의 목소리가 들려왔다.

"난 집에서 항상 혼자였어. 부모님이 맞벌이 부부시라 집에 가면 아무도 없었거든. 하지만, 그래도 괜찮았어. 부모님이 아무리 늦게 오셔도 항상 날 다정히 대해주셨으니까. 근데, 시간이 지날수록 부모님이 내게 무관심해지셨어. 처음에는 그냥 오래 일하고 오셔서 피곤하시니까 그런 건가 보다 생각했지. 근데, 그게 아니었더라? 놀고먹고 하느라 늦는 거였어."

범진은 잠시 숨을 고른 후 말을 이었다.

"난 처음에는 이해하려 노력했어. 밤늦게까지 힘들게 일하셨으니까. 근데 놀고먹던 게 서로 바람이 나서 그런 거라는 걸 나중에야 알게 됐는데, 그때 진짜 배신감 들더라. 얼마 지나지 않아서 두 분은 이혼하셨고 나는 아버지를 따라갔어. 그 이후로 나는 혼자였어. 새로 만나는 여자랑 매일 같이 밖에 있다가 오니까, 나는 거들떠보지도 않는 거야. 그래서 집을 나와서 땅만 보고 걷는데 그때 여기를 발견한 거지."

이곳을 처음 발견했던 그때를 다시금 떠올리는 범진의 얼굴은 조금 전과는 차원이 달랐다. 어두웠던 조금 전의 얼굴은 환한 웃음으로 가득 차 있었다.

"정말 어떤 곳인지도 모르는 곳이었지만 지금까지의 힘들었던 마음이 다 사라지는 그런 편안한 곳이었어. 그래서 그곳을 본 후에는 한참이나 그 자리에서 펑펑 울었던 것 같아."

정적이 이어졌다. 이야기가 끝나고 범진은 쓸쓸한 웃음만을 지니고 있었다.

"……그래서, 거기 있기 싫어서 혼자 살아보려고 생각 중이야."

"뭐? 진짜?"

"응. 뭐, 아버지한테 이야기해 봤자 반대만 하실 게 분명하지만 말이야."

그의 모습을 한참이나 바라보았다. 그러다 들려오는 목소리로 인해 다시 정신을 차린 후 그의 이야기를 다시 들었다.

"이게 내 이야기야. 딱히 이야기하고 싶지도 않았고 이야기한다면 남들이 나에 대해 어떻게 볼지 두려워서 말하지 못했어. 그래서 이야기하기를 미룬 거야."

"……이야기해 줘서 고마워. 말하기 힘들었을 텐데."

"나도 고마워. 내 이야기 들어줘서."

범진은 웃음을 지어내며 말했다. 나는 그를 따라 작게 웃어 보였다. 만난 지 고작 하루밖에 되지 않았지만 우린 이미 오래도록 만난 친구가 된 듯했다.

시간은 흘러 어느덧 오후 다섯 시가 다 되어가 해가 뉘엿뉘엿 지고 있었다. 우리는 그 하늘을 아무 생각 없이 바라보다 이내 일어섰고 서로에게 작게 손 인사를 건넨 후 헤어지게 되었다.

"장범진……."

그와 내가 조금은 특별한 사이가 된 듯했다. 속으로 그 특별한 우정을 기억하며 그날의 하루를 마무리했다.

2

보름 후 학교가 끝나고 난 오후의 일이었다. 나는 평소처럼 그 숲으로 향했다. 그곳에 가는 길 중간 지점에 다다랐을 때 나는 또 다른 발소리를 들었다. 조금 엇나간 박자의 발소리였다. 내가 느리게 걸으면 발소리가 함께 느려지고 빠르게 걸으면 똑같이 빨라지는 게 들렸다. 누군가가 나를 쫓아오는 것이라 확신하고는 뒤를 돌아보았다. 누군가가 전봇대 뒤에서 어설프게 숨어있는 것이 보였다. 나는 그 사람에게 말했다.

"……뒤에 있는 거 아니까 이만 나오세요."

나의 목소리에 조금 민망한 듯한 얼굴을 한 남자가 모습을 드러냈다. 그 남자는 같은 반 우현수였다.

"우현수? 네가 왜 쫓아온 거야?"

"……궁금해서."

"뭐?"

"네가 며칠 전부터 묘하게 다른 색을 품고 있는 것 같아서. 왜 그런지 궁금해서 따라와 봤어."

그 말의 뜻을 나는 알지 못했다. 현수는 뒤이어서 내가 학교가 끝나고 항상 가는 곳이 궁금했다며 같이 갈 수 있냐고 물었다. 나는 짧은 긍정의 말을 하고는 함께 그곳으로 걸어갔다.

*

현수와는 그리 친한 편은 아니었다. 그의 성격도 그리 외향적인 편은 아니었으나 남들보다는 생각하는 게 독특해서 가끔 반에 웃음을 주곤 할 뿐 나와는 관계가 없었다. 그냥 같은 교실을 공유하고 있는 사이일 뿐이었다. 그런 그가 내게 관심이 있었다니 전혀 몰랐다. 워낙 숨기는 게 많기도 했고 속내를 알 수 없는 얼굴을 하고 있었기에 전혀 생각하지 못한 일이었다.

그런 생각을 하며 숲으로 향했고 어느새 그곳에 도착

해 있었다. 그곳을 본 현수는 처음 이곳을 봤을 때의 나와 같은 표정을 하고 있었다. 하지만 분명 나와 같은 표정이었는데 뭔가 조금 다른 감정이 묻어나 있는 것도 같았다. 내가 그 모습을 계속 보고 있자 현수는 아차 싶었는지 얼굴에서 감정을 지워냈다. 그는 이곳을 보며 무어라 중얼거린 듯했지만 나는 그 말 역시 무슨 뜻인지 알지 못했다.

어색함이 우리의 주변을 맴돌던 와중 학교가 끝나고 난 범진이 이곳에 오는 게 보였다. 나는 반가운 마음에 그에게 인사를 건넸다. 내 인사에 현수도 뒤를 돌아 범진을 마주했다. 범진을 본 현수는 그가 신기하다는 듯한 얼굴을 하며 말했다.

"보라색이네……."

"보라색? 그게 뭐야?"

나는 그 말을 이해하지 못했고 범진 역시 이해하지 못한 듯 되물었다. 나는 아까부터 알 수 없는 말을 내뱉는 그를 향해 외쳤다.

"아까부터 자꾸 뭐라고 하는 거야? 처음 나 봤을 땐 색이니 어쩌니 하더니 그게 다 무슨 말이야? 알아듣게 설명해 봐!"

현수는 잠시 당황한 듯했지만 이내 평온함을 보이며 말했다.

"미안. 나도 실제로 보는 건 처음이라 놀라고 신기해서."

"……그래서, 아까 네가 말한 보라색은 뭔데?"

범진이 궁금한 듯 물었다. 현수는 그의 물음에 조금은 귀찮다는 듯이 말했다.

"……내가 열 살이었을 때 할머니께 들은 이야기야."

그러면서 현수는 이야기를 시작했다.

"우리 친할머니께서 해주신 이야기야. 할머니가 태어나기도 훨씬 전인 삼백 년 전에는 색이란 게 존재했었대."

"색은 지금도 있는 거잖아."

"……보라색이라고 들어봤어? 보라색도 예전에는 존재하고 있었어."

현수는 그런 말을 하며 낡은 공책을 보여주었다. 굉장히 오래되어 보이는 그 공책 안에는 지금 이곳과 비슷한 모양새를 한 숲이 그려져 있었는데 그 그림이 너무 오래된 탓에 색이라는 것이 희미하게 보였다. 그래서인지 현수는 그 그림 대신 숲의 이곳저곳을 가리키며 그것이 무슨 색인지 알려주었다.

"아까 말한 보라색은 이거야. 붉은색은 이 꽃에 있는 색이고, 예전에는 이렇게 다양한 색이 존재했었지만, 지금은 사라졌어."

"색이란 건 왜 갑자기 사라진 거야?"

"그건 나도 잘 몰라. 예전에는 학자들도 계속 연구를 진행했었는데 어느 순간부터 하지 않았다고 해. 점점 색에 대한 궁금증이 사라지게 됐고, 그렇게 색은 세상에서 점점 잊히게 되었어. 그래서 지금의 사람들은 색을 전혀 모르는 거야."

범진은 그에게 계속해서 질문을 해댔다. 현수는 그런 그를 귀찮아했지만 성실히 답변해 주었고 어느덧 범진이 마지막 질문을 건넸다.

"그럼 넌 왜 이곳만 색이 존재하는지 알 것 같아?"

범진의 질문에 현수는 모르겠다고 답했다. 그런 현수가 이번에는 우리에게 질문했다.

"이곳을 처음 발견한 게 누구야?"

"응? 난데, 왜?"

현수의 질문이 우리를 궁금하게 만들었고 그가 다음 말을 이어갔다.

"왜 주변 사람들에게 이곳을 말하지 않은 거야? 말했다면 이것이 무엇인지 더 빨리 알았을 테고, 학자들이 다시 연구를 진행했을지도 모르는데."

현수의 말에 범진은 작은 미소를 보이며 말했다.

"나도 처음에는 사람들에게 알리려 했어. 근데, 이곳을 보고 있는 내 마음이 편안해지는 거야. 이곳이 힘들었던 내 마음을 위로해 주는 것만 같았어. 여긴 그런 곳이야.

마음을 편안하게 해주는 곳."

숨을 고른 후 다시 말을 이었다.

"그래서 알리지 않은 거야. 이런 곳은 나 혼자만의 비밀 장소로 남기고 싶었거든."

그의 답안에 현수는 잠시 멍한 얼굴을 하고서는 이내 정신을 차렸는지 다시 원래의 얼굴로 돌아왔다. 나는 그런 그에게 말했다.

"근데 너 아까 나랑 얘보고 무슨 붉은색이니 보라색이니 하던데 그건 또 무슨 소리야? 지금까지 들은 걸로 봐서는 사람을 색이라고 부르지는 않는 것 같은데."

"너 중학교 때 비유 안 배웠냐? 사람을 색에 비유한 거잖아. 옛사람들은 사람이 느끼는 감정이나 분위기에 따른 색을 그 사람에게 비유했다고 해서 나도 따라 해본 거지."

"그럼, 보라색은 뭘 뜻하는데?"

현수는 잠시 고민하는 듯하더니 이내 말했다.

"보라색은 주로 우울함이나 외로움을 나타내. 다만,"

"뭐? 그럼 내가 우울해 보인다는 거야?"

현수의 말이 채 끝나기도 전에 범진이 입을 열었다. 범진은 미안하다는 말을 반복했고 그는 들릴 듯 말 듯 한숨을 내쉬며 다음 말을 이어갔다.

"그런 의미도 있지만, 보라색은 신비로움을 나타내기도

해. 넌 신비로워. 그래서 보라색이라고 한 거야, 너 보고."

"정말?"

"응."

범진은 기분이 좋아진 듯 보였지만 티 내지 않으려 웃음을 참아내고 있었다. 나는 그 모습이 웃겨 피식 웃음을 자아냈다.

현수는 색에 대해 더 많은 것을 알려 주었고 그것을 들으면서 우리는 새로운 세상에 눈을 뜨게 되었다.

색에 관한 이야기는 해가 저물도록 계속되었다. 주변의 것들은 신경도 쓰지 않은 채 이야기하다 보니 해가 저무는 것을 눈치채지 못했다. 뒤늦게 그를 알아차리고 우리는 급하게 가방을 챙겨 산 아래로 내려갔다. 아래로 내려가면 나오는 두 갈림길에서 범진과 헤어졌고 같은 방향에 집이 있던 현수와 나는 같은 길로 가게 되었다.

길을 걷는 내내 우리는 어떠한 말도 나누지 않았다. 나는 그 시간이 어색했고 현수 역시 어색했는지 나보다 한 발짝 뒤에서 걸었다. 정적이 이어진 지 십여 분 가까이 지났을 때 우리는 또다시 나오는 갈림길에서 헤어져야 했다. 나는 잘 가라는 인사를 건네고는 먼저 걸어갔다.

"……저기, 구현담!"

현수의 목소리가 나의 발목을 잡았다. 목소리를 따라 뒤를 돌아보니 할 말이 있는 듯한 얼굴의 현수가 있었다.

"뭔데?"

"그······."

현수는 자신의 목덜미를 쓸며 스스러운 듯한 얼굴로 말을 이었다.

"그게······. 나, 내일도 여기와도 될까?"

나는 잠시 아무 말도 하지 않았다. 고민하려 그런 것보다는 그냥 그가 조바심 내는 모습이 재미있어 그랬던 것 같다.

"그래. 내일 보자."

내가 말했다. 답을 얻어낸 현수의 얼굴에는 옅은 미소가 새겨졌다. 그러다 이내 그 미소를 숨기더니 잘 가라고 말하며 내 등을 떠밀었다. 내가 조금 멀어지자, 뒤에서는 작은 환호성이 들려왔다. 그 소리에 나는 작은 웃음을 지어 보였다. 방금 본 현수의 미소는 '노란색'과도 같은 밝은 미소였다.

현수는 다음날 학교가 끝난 후 먼저 그곳으로 향했다. 나는 교실 청소로 남아야 했기에 청소가 끝난 뒤에야 숲으로 향했다.

범진은 그곳에 없었고 현수만이 숲 한가운데에 있었

다. 나는 그에게 다가가려 했지만 그가 평소와 다르다는 것을 깨닫고는 멀리서 지켜보게 되었다.

현수는 손에 작은 종잇조각을 들고 그것을 빤히 바라보고 있었다. 그것을 보는 그의 얼굴에는 커다란 슬픔이 자리 잡고 있었다. 나는 망설이다가 그의 곁으로 다가갔다. 내가 옆으로 다가가자, 그는 놀란 눈으로 나를 바라보며 손에 들고 있던 종잇조각을 황급히 가방 안으로 집어넣었다.

"뭐 하고 있었어?"

"……그냥, 있었어."

아까의 일을 내게 숨기고 있었다. 하지만 나는 아까의 일에 관해 물어보지 못했다. 그래서 그냥 그의 옆에 가만히 앉아만 있었다. 그렇게 가만히 있는데 그가 먼저 말을 꺼냈다.

"아까 봤어?"

"어? 뭐를?"

"내가 들고 있던 거."

내가 아무 말도 하지 못하자 그는 조금 전 들고 있던 종잇조각을 꺼냈다. 색이 바란 사진 한 장이었다.

"이게 누구……."

"나야. 내가 어렸을 적에 찍은 사진. 옆에는 우리 친할머니셔."

다정한 모습의 사진이었다. 아끼는 이 사진을 보며 슬퍼한 것 같았다.

"너한테 색을 이야기해 주셨던?"

"응. 할머니는 내게 언제나 흥미로운 이야기를 들려주시곤 하셨어."

그가 숨을 고르고는 다시 말을 이었다.

"그리고 그 색에 관한 이야기가 할머니께서 마지막으로 들려주신 이야기야."

나는 옆에서 아무런 말도 할 수 없었다. 괜히 그의 옛 기억을 떠올리게 한 것 같아 마음이 불편해졌다.

"······불편해할 필요 없어. 미안해할 필요도 없고, 그냥 이야기하고 싶어서 하는 거야."

"왜, 나한테 이야기하는 건데?"

"······꼭 이유가 필요하냐?"

현수는 그렇게 말하고서는 자신의 이야기를 꺼냈다.

"나한테 색을 알려주셨던 할머니도 실제로는 색을 본 적이 없다고 하셨어. 그저 공책에 그려진, 오래된 그림으로 알 수 있을 뿐이었지. 그래서 할머니는 남아있는 색이 있다면 실제로 보고 싶다고 하셨어. 그리고 그때, 난 할머니와 약속했지. 꼭 색을 찾아서 할머니께 보여드리기로 말이야."

그의 말이 더는 이어지지 않고 있었다. 들리지 않는

목소리에 고개를 돌려 옆을 바라보니 현수가 눈물을 뚝 뚝 흘리고 있었다. 눈물만 흘리던 현수는 이내 울음 섞 인 목소리로 말을 이어가기 시작했다.

"하지만, 약속을 지키지 못 했어……. 색을 찾아서 보여 드리겠다고 했는데, 찾지 못했어."

나는 그제야 왜 그가 이곳을 처음 봤을 때 그런 오묘 한 표정을 지었는지 알 수 있었다. 그 모습을 보며 나는 어떠한 위로도 건넬 수 없었다. 그저 그가 울음을 멈출 때까지 기다려 줄 뿐이었다.

한참이 지난 뒤에야 그가 울음을 멈춰 보였다. 현수는 나의 앞에서 눈물을 보인 것이 조금은 창피했는지 나와 눈을 마주치려 하지 않았다. 나는 그런 그를 보며 천천 히 입을 열었다.

"……그래서 아까 사진 보면서 슬퍼했던 거였어?"

"응. 너무 미안해서. 나만, 나만 이런 세상을 봐서……."

"……아닐 거야."

"응?"

나는 어떻게든 그가 슬퍼하지 않으면 하는 마음으로 이야기를 꺼냈다.

"분명 너희 할머니께서도 이곳을 보고 계실 거야. 그러 니까, 넌 약속을 지키지 못한 게 아니야."

행여 그에게 상처가 되진 않을까 하는 생각이 들어 쉽

사리 고개를 들어볼 수 없었다. 내가 한참을 고개를 숙이고 있는 와중 그의 목소리가 들려왔다. 웃음소리였다.

"하하. 그래, 맞아."

그날 나는 현수의 밝은 미소를 또다시 볼 수 있었다. 현수의 웃는 모습을 보며 나도 그를 따라 웃음을 지어 보였다.

시간이 흐른 후 범진이 이곳으로 왔다. 조금 더 가까워진 듯한 우리를 보고 범진이 무슨 일이냐며 물었지만 나는 아무 말도 하지 않은 채 그냥 웃어 보일 뿐이었고 현수 역시 아무 말도 하지 않은 채 있었다. 그날 있었던 일은 나와 현수만이 아는 비밀이 되었다.

다음 날 아침, 들뜬 마음으로 학교에 갈 채비를 하였다. 원래 남들보다 일찍 출발하기 때문에 도착한 학교 교실에는 나 혼자밖에 없었다. 조용히 자리에 앉아 책가방에서 공책과 교과서를 꺼내 정리를 하고는 이내 휴대전화를 들여다보았다. 조금 시간이 지나자, 교실 문이 열리는 소리가 들렸다. 고개를 살짝 들어보니 현수가 문 앞에 서 있었다. 나와 눈이 마주친 현수는 옅은 미소를 지어 보이며 말했다.

"안녕. 좋은 아침."

현수의 인사에 나도 따라 인사를 건넸다. 현수는 내게 인사를 건네고는 별다른 말 없이 자리에 앉았다. 쉬는 시간에도, 시간이 남아도는 점심시간에도 서로 붙어 이야기를 나누었지만 우리는 어제의 일에 대해 조금도 말을 꺼내지 않았다. 현수가 이야기를 하지 않으려 했기에 나는 그에 맞춰 이야기할 뿐이었다.

3

학교가 끝난 후 현수와 함께 숲으로 향하고 있었다. 하품하며 걸어가는 그는 수업이 재미없다는 불평을 늘어놓고 있었고 나는 그 이야기를 가만히 들어주고 있었다. 한참을 이야기하다 보니 어느새 숲에 도착해 있었다. 범진은 아직 학교가 끝나지 않은 모양인지 그곳에 없었다. 우리는 아직 오지 않은 범진을 기다리며 책가방을 내려놓은 뒤 숲 한가운데에 자리를 잡고 앉았다. 그러다 문득 생각난 질문을 현수에게 했다.

"우현수."

"응?"

"넌 색에 대해 어떻게 생각해?"

색이 존재하지 않는 세상에서 유일하게 색을 알고 있던 현수는 색에 대해 어떻게 생각하고 있는지 궁금해져 말했다.

"흠, 글쎄. 잘 모르겠어. 그냥 생전 처음 보는 신비로운 것?"

"아, 그렇구나."

"……근데, 예전에는 색이라는 것이 당연하게 존재하는 것이었어."

"진짜?"

"응. 너무 당연하니까 사람들은 색에 대해 별 관심이 없었어. 당연히 존재하는 것이었으니까. 만약, 색이 존재하던 시대의 사람들이 이 무채색의 세상을 본다면 어떤 말을 할까."

"……재앙, 이라고 하지 않을까? 당연하던 것이 한순간에 사라져 버렸으니, 세상의 종말이라고 생각했을지도."

"정말. 그랬을지도 모르겠다."

그런 주제가 한참이나 오고 갔다. 이야기의 내용은 비슷한 말을 반복할 뿐이었지만 우린 그 주제로 한참이나 이야기를 나누었다.

우리가 이야기를 나누는 동안 범진은 소리 소문도 없

이 다가왔다. 그를 반갑게 맞아주려는데 범진의 옆에 범진보다 키가 조금 더 큰 남자 한 명이 서 있었다.

"인사해. 같은 동아리 선배야."

그는 아무 말이 없었다. 낯을 가리는 건지 그냥 과묵한 것인지는 알 수 없었다. 범진이 그런 동아리 선배를 무슨 이유로 데리고 왔는지는 아직 모르는 일이었다.

"이름은 이 결이야. 성이 이씨, 이름이 결."

결이라는 남자 대신 범진이 말했다.

"근데, 같은 동아리 선배는 왜 데려온 거야?"

현수가 말했다. 그의 말에 범진은 웃으며 이야기하기 시작했다.

"선배도 색에 대해 알고 있더라고. 그래서 데려왔어."

그가 범진을 불편해하는 것으로 보아 그 둘은 그리 친한 사이는 아닌 듯했다. 나는 여전히 불편하게 서 있는 그에게 다가가 말했다.

"안녕하세요, 구현담이라고 합니다. 범진이랑 같은 열일곱 살이에요."

"우현수입니다. 저도 같은 열일곱입니다."

그는 답 대신 살짝 고개를 끄덕이는 것으로 대신했다. 그 선배는 그렇게 서 있다가 이내 숲을 둘러보기 시작했다. 이곳이 신기한 건지 눈을 빛내며 숲 이곳저곳을 거닐었다. 전에 범진이 미술부에 들어갔다고 이야기했었던 것 같은데 아마 저 선배는 같은 미술부 부원인 듯했다.

"근데, 저 선배가 색에 대해 알고 있다는 건 어떻게 알았어?"

"아, 그게……."

*

동아리 활동이 끝난 후 선배와 단둘이서 동아리 실을 정리하고 있었다. 진작 활동을 다 끝낸 다른 부원들은 하나둘씩 교실을 나섰고 활동을 끝내지 못했던 나와 이결 선배만이 교실에 남아 한참 뒤에야 활동을 끝낸 후 뒷정리를 했다. 우리는 아무 말 없이 자기 자리만을 정리하고 있었다. 그 침묵 속에서 선배의 작은 목소리가 들려왔다.

"색이 있었더라면……."

작게 낸 소리였다지만 교실이 너무 조용했던 탓에 그 소리가 나에게까지 고스란히 들려왔다. 나는 색이라는 단어가 들려오자 놀라서 선배에게 말했다.

"선배, 방금……."

"아……. 못 들은 걸로 해줘."

"아니, 방금 색이라고 하지 않으셨어요?"

"아……. 맞긴 한 데……."

나는 색이라는 말에 흥분해서는 친분이 별로 없는 선배에게 계속해서 말을 걸었다.

"색에 대해 어떻게 알고 계신 거예요?"

"그럼, 너는 어떻게 알고 있는 건데?"

"어……. 저는, 그냥 우연히 알게 됐어요. 그럼, 선배는요?"

나는 그 물음에 대충 얼버무리고는 다시 선배에게 말했다.

"……왜 말해줘야 하는데?"

"네?"

"별로 친하지도 않은 애한테 내가 왜 말해줘야 하냐고."

나는 선배의 차가운 말에 할 말을 잃었다. 아무 말도 하지 않는 나를 보며 선배는 작게 한숨을 쉬더니 이내 말했다.

"더는 할 이야기 없으면, 이만 간다."

교실 문 앞으로 걸어가는 선배를 가만히 바라보다 이내 선배를 향해 소리쳤다.

"진짜 색을 보고 싶지 않으세요!"

"……뭐?"

나의 목소리에 선배가 발길을 멈추고 고개를 돌려보았다.

"색이요! 직접 눈으로 보고 싶지 않으세요?"

"그게, 가능해?"

"네! 그러니까, 같이 보러 가실래요?"

선배는 잠시 고민하는가 싶더니 이내 입을 열었다.

"……색만 보고 바로 갈 거야."

선배의 말에 나는 밝게 웃으며 선배와 함께 그곳으로 향했다. 신이 난 나와 달리 선배는 약간 불편한 듯 보였다.

"선배가 오면 그 애들도 좋아할 거예요!"

"……잠깐, 뭐? 다른 애들?"

"네? 네. 거기에 저 말고 다른 친구들도 있거든요."

"아니, 다른 사람이 있었으면 진작 말을 했어야지!"

선배는 그렇게 화를 내더니 가지 않겠다며 갑자기 발길을 돌리려 했다. 나는 돌아가려는 선배를 붙잡고는 말했다.

"선배! 여기까지 왔는데 그냥 가는 건 아깝잖아요. 같이 가요. 네?"

나의 말에 선배는 난감한 표정을 짓더니 이내 어쩔 수 없다는 듯 다시 나를 따라 걸어갔다.

*

"선배가 너희 있다는 말 듣고는 다시 가려고 하더라?"

"그냥, 어색해서 그런 거 아니야?"

"……그런가 보네. 지금도 저렇게 혼자 있으려 하니."

선배는 나와 현수와는 친해질 생각이 없는 듯했다. 현수가 조금 더 자세히 설명해 주기 위해 선배에게 다가갔지만 묘하게 피하는 느낌이 든다며 결국 다시 제자리로 돌아왔다. 선배는 우리와 떨어져 한참이나 그곳을 맴돌았다. 그러다 이내 가방을 챙겨 산 아래로 내려갔다. 범진은 그런 선배를 급하게 따라가며 함께 내려갔고 나와 현수도 각자의 집으로 향했다.

선배는 그 이후로 계속해서 이곳을 찾아왔다. 우리에게 말을 걸거나 가까이 지내지는 않았지만 우리도 딱히 말을 걸 이유가 없었기에 그냥 서로를 있는 둥 마는 둥 했고 선배도 우리를 신경 쓰지 않아 했다.

*

선배는 학교에서도 나와 부원들과는 말을 섞지 않았다. 그때까지는 그냥 낯을 가리니 그런 것이라 여겼지만 한참이 지나도록 현담이와 현수를 묘하게 피하고 있는 것이 느껴져 다른 이유가 있는 듯했다. 선배가 그냥 정말로 불편해하는 것일 수도 있겠지만 그 행동과 얼핏 보인 눈빛은 분명 다른 이유가 있는 것처럼 느껴졌다.

방과 후 동아리 활동이 없던 날 선배와 이야기를 나눠 보기 위해 학교 뒤쪽 공터로 가자고 말했고 다행히도 선배는 나를 순순히 따라와 주었다.

"……왜 부른 거야."

내가 아무 말이 없자 선배가 먼저 입을 열었다. 나는 선배의 말에도 가만히 있다가 이내 말했다.

"그때 일부러 피하신 거죠?"

나의 물음에 선배의 눈동자가 순간적으로 커졌다. 그러다 이내 무슨 소리냐며 내게 되물었다.

"그때 같이 숲에 갔을 때도 그렇고, 그 이후로도 계속 애들 일부러 피하시고 있는 거잖아요. 제 말이 맞죠? 왜 그랬던 거예요?"

"……내가 그걸 왜 말해야 하는데?"

"그야, 친구니까요."

"친구? 너랑, 내가?"

"……저는 나름 친해졌다고 생각했는데, 선배는 아닌가 보네요."

선배는 나의 말에 잠시 미간을 찌푸리는가 싶더니 이내 표정을 풀고는 말했다.

"내가 그렇게 차갑게 굴었는데도 너는 나를 친구로 생각하나 봐?"

"당연하죠. 선배가 제게 했던 행동에는 진심이 없었으니까요. 억지로 하는 것 같았거든요."

나를 가만히 바라보던 선배가 이내 시선을 아래로 하더니 길게 한숨을 내쉬고서는 말을 이었다.

"……그때 일 때문에 내가 그러는 거야. 또 배신당할까 봐."

'배신'이라는 말에 나는 선배가 하는 이야기에 더욱 귀를 기울이게 되었다. 고요 속에서 선배는 또다시 말을 이었다.

"내가 중학생이던 당시에 나에게는 항상 같이 다니던 친구가 있었어. 활달한 녀석이었는데, 3학년이 된 이후로 그 애가 갑자기 어두워진 거야. 무슨 일인지 보니까 어떤 애가 그 녀석에 대해서 안 좋은 소문을 냈는데 그것 때문에 힘든 거였어. 엎친 데 덮친 격으로 그 소문을 낸 애랑 같은 반이 된 거야. 그래서 우리는 그 소문을 낸 애를 피해 다녔지."

선배의 목소리는 잠시 끊겼다가 이내 다시 들려왔다.

"한 달을 그렇게 지냈던 것 같아. 하지만 우리는 그런대로 잘 지냈지."

선배가 말하다 말고 두 손을 꼭 움켜쥐었다. 화가 난 듯한 목소리가 떨리기 시작했다.

"그런데 어느 날, 그 친구가 자기 소문을 낸 놈과 같이 다니는 걸 보게 됐어. 그 이후로 녀석은 나랑 다니지 않게 됐지."

말하는 선배의 얼굴은 어느새 일그러져 있었다. 선배는 화를 멈추지 않은 채 계속해서 말을 이었다.

"소문을 낸 놈이랑은 절대 상종 안 하겠다던 녀석이었는데, 같이 다니는 꼴을 보니 화가 났어."

말을 마치자 화가 잔뜩 나 있던 얼굴이 어느새 차갑게 식어있었다. 화가 사라진 그 얼굴은 이내 슬픔으로 바뀌었다.

"근데, 화가 나면서도 동시에……. 너무 괴로웠어. 몇 년을 함께한 친구를 잃었으니까. 나는 그 애를 평생 친구로 생각하고 있었는데, 그 녀석은 아니었나 봐. 한순간에 날 버렸으니까."

"선배……."

"동정하지 마. 그런 건 짜증 나니까."

선배의 말에 나는 입을 꾹 다물고 있을 수밖에 없었다. 선배가 이렇게나 마음이 여린 사람이었을 줄은 전혀 몰랐다. 그 전까지는 그리 친하지 않았었기에 그냥 과묵하고 차가운 사람인 줄만 알았는데, 이런 일이 있었는지는 몰랐다.

"……내가 그래서 친구를 안 사귀는 거야. 그때처럼 또 배신당할까 봐, 두려워서. 어쩌다 한번 친해지게 되어도 금방 관계를 끊어버려. 상처받고 싶지 않아서."

나는 선배의 말을 묵묵히 듣고만 있었다. 어떤 말을 전해줘야 할지 몰라 그냥 그렇게 가만히 있었다. 선배는 그런 나에게 작은 소리로 말했다.

"내가 방금 했던 이야기는 전부 잊어버려. 그리고 이제는 그냥 평소처럼 지내자. 나도 더 이상 그곳에 안 가고 남한테 비밀로 할게. 그러니까, 평소처럼 남남으로 지내자."

"……저는 그러기 싫어요."

"뭐?"

처음은 그냥 작은 관심이었다. 항상 남들과 먼발치에서 지내는 선배를 보고는 그냥 왜 그러는지 궁금했을 뿐이었다. 하지만 용기가 나지 않아 쉽게 다가가지 못했는데 우연히도 가까워질 기회가 생긴 것이었다. 그래서 그때 놓치고 싶지 않아 붙잡았던 것이었다.

"저는 계속 선배랑 친해지고 싶었어요. 그러다가 이번에 다가간 거였다고요. 전 약속 같은 거 잘 지키는 편은 아니지만, 이것만은 지킬 수 있어요. 절대 배신은 안 해요. 그러니까, 저는 선배랑 멀어지는 거 싫어요. 저랑 계속 같이 지내요. 네?"

선배는 한동안 가만히 나를 쳐다보고 있었다. 그러다 이내 크게 소리 내어 웃기 시작했다. 나는 그 모습이 당황스러우면서도 웃는 얼굴이 놀라웠다. 선배가 사람들 앞에서 웃는 것을 본 적이 없어서인지 그 모습이 새롭게 와닿았다.

"재밌네. 그래. 하자, 친구."

선배는 정말 잘 웃었다. 평소의 모습과는 정말이지 천지 차이였다. 나는 그 모습을 보며 함께 따라 웃었다. 선배와 멀어지지 않고 더 친해질 수 있어 기뻤다.

*

범진의 학교 선배가 이곳에 온 지도 어느덧 이주가 다 되어갔다. 그 사이에 변한 것이 있다면 전처럼 우리를 피하지 않고 말을 걸어와 준다는 것이었다. 그 때문에 우리는 그 변화에 맞춰 적응 중이었다. 그중에서 가장 눈에 띄는 변화는 선배와 범진이 항상 함께한다는 것이었다. 물론 함께하는 것은 전에도 그랬었기에 그것 자체는 이상하지 않았다. 하지만 진짜 변화는 그 둘이 전보다 더 가까워진 것이었다. 그 짧은 시간 동안 어떻게 급속도로 친해진 것인지 신기하여 범진에게 물어보았다.

"선배가 너희들 피해 다니는 게 이상해서 대화를 나눠 봤거든? 선배가 중학교 때 친구한테 상처를 심하게 받았었대. 그 상처가 커서 그날 이후로 친구를 안 사귀려고 사람을 피했던 거였어.”

“아, 그래서 그랬던 거구나. 선배한테 그런 일이 있었는지 몰랐어. 원래 성격이 그런 줄 알았는데……”

“원래는 활달하고 장난기도 많았다고 하더라. 다른 선배한테 들었어.”

나와 범진이 이야기를 나누고 있을 때 부쩍 친해진 현수와 선배는 숲을 돌아다니고 있었다. 현수는 그때 못다 했던 색에 관해 이야기해주고 있는 듯했다.

그날 이후로 선배는 우리와 있을 때 자주 웃게 되었다. 이제는 서로를 모른 척하지 않았고 이야기도 더 많이 나누게 되었다. 하지만 선배는 가끔 혼자 이 숲에 앉아 그 숲의 모습을 그리고는 했는데 그럴 때마다 색을 그림에 담지 못해 아쉬워했다. 나는 그 모습을 볼 때마다 아무것도 해줄 수 없었기에 가만히 있을 뿐이었다.

4

계절이 <u>흐르고</u> 여름이 찾아왔다. 학생들의 옷차림도
조금씩 짧은 반소매로 변해가기 시작했다. 변해가는 계
절에 맞추어 나도 하복을 꺼내 입었다. 학교에 가니 현
수도 하복을 입고 있었고 숲에서 만난 범진과 선배도 하
복을 입고 있었다.

"선배는 여름이랑 잘 어울리는 것 같아요."

"내가? 겨울 같다는 말은 들었어도 여름은 처음이네."

"그건 선배의 진짜 모습을 못 봤으니까 그런 거겠죠!
선배는 여름 같아요."

범진이 선배에게 한 말이었다. 겨울은 무척이나 춥지만 또 동시에 따뜻하기도 한 겨울이 선배와 닮았다고 했다.

"그래서 선배는 남색이 잘 어울려요. 남색도 차가워 보이지만 사실은 그 속에 따뜻함을 숨기고 있다고 생각하거든요."

범진의 말에 선배가 웃어 보였다. 정말로 남색이 선배에게 잘 어울리는 색인 듯했다.

*

숲은 여름이 되자 더욱 푸르러지고 화창해졌다. 나무의 잎사귀들은 전보다 더 푸르러졌고 꽃들의 수는 더욱 많아졌다. 그런 여름에 숲에서 또 다른 새로운 사람들을 마주하게 되었다. 여름과 잘 어울리는 분위기를 가진 사람들이었다. 여성과 남성 둘이었는데 우리들보다 더 어른스러운 모습을 가지고 있었다. 그 사람들은 이곳에 오자 신기한 눈으로 곳곳을 살펴보았다.

"······고등학생?"

"뭐야? 또 누가 있어?"

우리를 발견한 그들이 말했다.

"아······. 그, 저희는 그냥 온 거예요. 이곳은 주인 없는 숲이거든요."

범진도 많이 당황했겠지만 그런 기색 하나 없이 침착하게 말했다. 범진의 말에 보기에도 굉장히 활발해 보이는 여성이 말했다.

"그래? 근데, 너희는 누구야? 아, 내 소개를 먼저 해야 하나?"

그 사람은 웃으며 다시 이어말하기 시작했다.

"만나서 반가워! 나는 지서율이고 이쪽은 같은 과 후배 윤성후야."

지서율이라는 여성은 스물셋의 대학생이었고 윤성후라는 스물두 살의 남성과는 대학 선후배 사이라고 했다.

"이런 곳이 존재하는구나. 신기하다……."

"그렇죠? 저희도 처음 보고서는 그랬어요."

범진이 윤성후라는 남자에게 말했다. 남자는 날카로운 눈매를 가지고 있었지만 그 얼굴에서는 선함이 느껴지고 있었다. 게다가 그들은 원만한 성격을 가지고 있었기에 우리들은 금세 친해질 수 있었다.

"편하게 성후 형이라고 불러."

"아, 네. 형."

우리들은 금세 친해져 어느 순간 말도 놓게 되었다. 그중에서도 가장 잘 맞았던 사람은 의외로 이결 선배와 서율 누나였다. 전혀 다른 성격을 가지고 있는 둘이었지만 비슷한 색을 품고 있는 듯했기에 생각까지도 비슷한 듯했다.

"서율 선배랑 결이 되게 닮았다. 꼭, 남매 같아."

성후 형이 그 둘을 보며 말했다. 나는 그 말의 뜻을 알 수 있었다. 단순히 얼굴이 닮아 남매 같다는 것이 아니라 하는 행동이나 분위기가 닮았다는 뜻이었다. 나는 선배에 말에 동의하며 고개를 끄덕였다.

"근데 형은 형제 같은 건 없어요? 형이라거나 누나, 동생이요."

"음, 위로는 없고 아래로 동생이 하나 있어. 범진이 네가 고등학교 1학년이라고 했나? 우리 동생은 2학년이야. 여기랑 가까운 월홍 고등학교에 다니고 있어."

형의 말에 범진이 놀란 듯 말을 이었다.

"어? 저도 거기 다니는데. 혹시 동생분 이름이 어떻게 되세요?"

"음, 윤초록이야."

"어! 저희 동아리 선배세요!"

뜻밖의 우연에 범진은 신이 난 듯했다. 나는 성후 형에게 동생의 이름에 대해 물어보았는데 형도 잘은 모른다고 답했다.

"어머니도 어디서 들었다고만 하더라고. 정확히는 모른다고 하셨어. 그냥 어감이 좋아서 그렇게 지으셨대."

"아, 그래요?"

범진이 서율 누나에게도 가족관계에 대해 물어보았는데 서율 누나는 부모님 외에는 없다고 답했다. 그렇게 말하는 서율 누나의 눈에는 커다란 무언가가 자리 잡고 있는 듯했다.

*

성후 형과 서율 누나가 숲을 떠나고 난 뒤 우리는 그곳에 남아 조금 더 이야기를 나누었다.

"이곳에 오는 사람들은 다 좋은 사람인 것 같아. 아까 그 형이랑 누나도 그렇고, 너랑 현수, 범진이도."

"저는 잘 모르겠지만 다른 사람들은 그런 것 같아요."

"아니야. 현담이 너도 그래."

선배의 말에 나는 작게 미소를 지어 보였다. 선배는 처음 만났던 날과는 다르게 굉장히 따뜻했다. 그래서 선배와 있을 때는 내 마음까지 함께 따뜻해지는 것 같았다.

"그나저나, 이제 나도 선배 말고 형이라고 불러주면 안돼?"

"네?"

"아니, 처음 만난 성후 형은 형이라고 불러주면서 나는 계속 선배라고 부르니까……."

나는 형이라는 단어가 선배를 불편하게 만든다 생각했기에 일부러 그렇게 부르지 않았던 건데. 사실은 그렇게 불리고 싶었는지는 몰랐다.

"네, 그럴게요. 형."

내가 웃으며 그렇게 말하자 선배는 희미하게 웃음을 자아냈다.

5

성후 형과 서율 누나는 자주는 아니지만 가끔씩 이곳을 찾아왔다. 최근에는 거의 오지 않다가 거의 한 달이 채 되지 않았을 때 나타났는데 서율 누나는 밤을 새운 건지 눈 밑에 진한 다크서클이 내려앉아 있었다.

"잠을 안 잔 거야? 왜?"

"아, 아르바이트하느라⋯⋯. 새벽에 하는 일이라서."

"아무리 그래도 잠은 자 둬야지."

"⋯⋯그래. 걱정해 줘서 고마워."

서율 누나가 웃으며 말했다. 이 결 형과 서율 누나는

오랜만에 만났음에도 불구하고 오히려 더 가까워진 듯했다. 서울 누나는 목소리조차도 피곤한 것 같았다. 같이 온 성후 형도 조금은 피곤한 듯 보였다. 형을 한참이나 보고 있다가 성후 형이 내 쪽으로 다가오기에 급하게 눈을 돌렸다. 형은 내 앞에서 멈춰 서더니 말했다.

"현담아."

"네?"

"아까 올라오면서 보니까 어떤 어린애 한 명이 숲 아래를 기웃거리고 있던데, 아는 애야?"

"네? 아뇨. 저희는 알고 지내는 동생이 없어요. 전에도 말했지만, 형제들도 없거든요. 모르는 아이인데…… 잘못 보신 거 아니에요?"

"그런 건가……."

나는 형이 단순히 그렇게 착각한 것이라고 생각했다. 모르는 낯선 사람이 숲 아래를 서성거리고 있다니. 그럴 일은 없었다. 하지만 이튿날 학교가 끝나고 숲으로 향할 때 정말 중학생 정도로 보이는 어떤 남자애가 숲 아래에서 서성거리고 있었다. 집에 가려고 숲을 내려오면 그 애는 사라지고 없었다. 무언가 이야기를 나눠보려 해도 그 애는 우리와 눈을 마주치기만 하면 계속해서 우리를 피하는 통에 이야기를 나눠볼 수 없었다. 그렇게 늘 우리를 피했지만 그 애는 항상 숲 아래를 서성이고 있었다.

"형 말대로 숲 아래에 어떤 남자애가 한 명 있더라고
요."

성후 형이 이곳에 왔을 때 그 남자애 이야기를 꺼냈
다. 형은 내 말을 듣고는 그 애를 어떻게 할 것이냐고
말했다.

"안 그래도 이야기를 나눠보려 했는데 그 애가 저희만
보면 자꾸 피하더라고요. 그래서 이야기를 제대로 나누
지 못했어요. 저랑 현수를 왜 자꾸 피하는 지도 모르겠
고……."

"너랑 현수가 너무 무섭게 생겨서 그런가?"

"예?"

"농담이야. 그럼, 범진이 네가 가서 이야기해 보는 건
어때?"

"네? 제가요……?"

옆에서 우리의 대화를 잠자코 듣던 범진이 놀란 듯 말
했다.

"범진이 너는 얼굴이 선해 보이잖아. 그러니까, 네가
가면 그 애랑 대화할 수 있을지도?"

"그런 거라면 형이 가도 되잖아요……."

"나는 성인이잖아. 그 애가 더 겁먹을 수 있지."

성후 형이 말은 그렇게 했지만 자신도 귀찮아한다는

게 내 눈에는 보였다. 범진은 형의 말에 못 이겨 결국 숲 아래로 내려갔다.

*

내가 숲 아래로 내려왔을 때 그 애는 이미 사라지고 없었다. 주변을 조금 더 둘러보았지만 역시나 없었다. 헛걸음을 했다며 잠시 짜증을 내고는 다시 숲으로 향했다. 내가 올라가려던 차에 누군가의 목소리가 들려와 다시 몸을 돌려 목소리의 주인을 확인했다. 체격이 작은 남자애였는데 현담이와 성후 형이 말했던 그 애인 듯했다.

"……무슨 할 말 있니?"

나의 말에 그 애는 놀란 듯 몸을 움찔거렸다. 하지만 이내 목소리에 힘을 주어 말했다.

"저기……. 형은 색에 대해 알고 계시죠?"

"어?"

"그, 지나가다가 형이 친구들이랑 하는 이야기를 우연히 듣게 됐거든요. 정말 색에 대해 알고 계신 거예요?"

우리가 하는 이야기를 다른 사람이 들었으리라고는 생각지도 못했다. 때문에 조금 놀랐지만 내색하지 않고 말했다.

"그래. 그런데, 그걸 알고 있다니. 신기하다. 어떻게 알게 된 거야?"

"그냥, 옛날이야기에 관심이 많거든요. 요즘 애들이 잘 모르는 것까지도 말이죠."

나는 그 애의 말이 끝나자마자 웃으며 말했다.

"궁금해?"

"네?"

"실제로 색을 보고 싶지 않아? 원한다면 보여줄 수도 있는데."

그 애는 잠시 머뭇거리는 건가 싶더니 이내 환한 표정을 지으며 말했다.

"네. 궁금해요!"

그 애의 답에 나는 웃으며 팔을 붙잡았고 이내 함께 숲으로 향했다.

*

범진은 아까 보았던 그 애의 손을 붙잡고는 함께 올라오고 있었다. 멀리서 보이는 그 애는 범진의 옆에 있어서인지 더욱 작게 느껴졌다. 숲에 도착한 그 애의 눈은 이곳을 본 순간 밝게 빛나기 시작했다.

"얘기를 하고 오랬더니 그새 친해져서 왔네."

"아, 그게, 이 애가 지나가다 저희가 하는 색의 이야기를 들었대요. 색을 궁금해하길래 데리고 왔죠. 보세요. 저렇게 좋아하는데, 데려오길 잘한 것 같죠?"

그 애는 한참이나 이곳을 둘러보다 이내 우리의 곁으로 다가왔다. 궁금한 것이 많은지 우리에게 무수히 많은 질문을 쏟아냈다. 우리는 그 질문에 하나하나 열심히 답해주었다. 물론 거의 현수가 답을 해주는 것이었지만. 우리들이 답을 해주는 사이 어느새 해는 지고 있었다.

질문을 받는 중간에 우리가 질문을 던지기도 했는데 대부분이 그 애에 관한 정보였다. 그 애의 이름은 이영윤. 나이는 열여섯 살이라고 했다. 우리 학교 바로 옆쪽에 붙어있는 중학교에 다니고 있었는데 길을 걷다가 몇 번씩 우리를 본 적이 있다고 했다. 영윤은 원래 옛날 설화 같은 것을 좋아한다고 했는데 그때 우연히 색에 대한 것을 알게 되었다고 한다. 찾아볼 때는 그리 많은 정보가 없어 아쉬워했는데 우연히 들은 우리 이야기가 새로워 관심을 가지게 된 것 같았다.

호기심 넘치는 영윤을 보며 현수는 그 애의 해맑고 따스한 미소가 꼭 '주황색'을 닮은 것 같다고 했다. 나는 그 말을 듣고 영윤을 한번 바라보았다. 영윤을 보고 있으니 정말 그런 듯했다. 현수는 색을 잘 알고 있는 만큼 그 사람에게 어울리는 색을 잘 찾는 것 같았다.

현수는 전에 색에 관해 설명해 줄 때 '무지개'라는 것도 함께 알려주었다. 무지개는 총 일곱 가지 색으로 구성되어 있다고 했는데 그 첫 번째로 오는 색이 붉은색. 두 번째가 주황색. 그다음 순서가 노란색, 초록색, 푸른색, 남색, 보라색으로 되어 있다고 했다. 그러니까, 우리를 보고 있으면 무지개가 생각이 난다. 현수가 나를 보고 떠올린 붉은색. 따뜻함에 어울리는 주황색을 가진 영윤이. 무뚝뚝하고 조금은 독특하지만, 누구보다도 밝은 미소를 지닌 노란색이 잘 어울리는 현수. 초록색의 싱그러운 풀잎을 가진 여름이 생각나는 성후 형. 시원하고 청량한 에너지를 가진 푸른빛의 서율 누나. 푸른색과 비슷하지만 조금은 더 차가운, 하지만 따뜻함이 묻어있는 남색을 가진 이 결 형. 그리고 신비로운 색감의 보라색을 가진 범진. 우리가 함께 있을 때는 정말로 무지개가 생성된 듯했다.

여느 날은 모두와 같이 있을 때 무지개 이야기를 했더니 곰곰이 생각하던 서율 누나가 말했다.

"무지개라……. 그거 좋다! 우리, 앞으로 이곳을 무지개 숲이라 부르는 거 어때? 무지개를 지키는 무지개 아이들!"

결이 형은 너무 유치하다고 말했지만 내가 보기에는 형도 그런 유치함이 좋은 듯했다. 영윤과 성후 형은 좋다며 웃어 보였고 현수는 아무도 모르게 작게 미소 지어

보였다. 나와 범진 역시 그들을 보며 함께 웃음을 지어
냈다.

그런 이야기를 나누었지만, 우리들은 숲을 정말 그렇
게 부르지는 않았다. 다만 모두가 마음속으로는 그렇게
부르고 있는 듯했다. 그냥 그런 느낌이 들었다.

6

여름이 찾아오고 얼마 지나지 않아 우리 학교는 방학
을 맞이했다. 영윤이 다니는 학교와 범진의 학교도 함께
방학을 시작하게 되었다. 방학이 찾아온 이후로 아이들
은 전보다 더 바빠진 듯했다. 그래서인지 다들 숲을 찾
아오는 날이 적어졌다.

방학이 시작됨과 동시에 시원하고 청량했던 누나의 분
위기가 달라진 듯했다. 말수가 적어지고 분위기가 조금
어두워진 듯했다. 우리가 이유를 물어보아도 누나는 아
무것도 아니라며 대답하기를 피했다. 그런 누나의 행동

을 우리는 좀처럼 이해할 수 없었다.

　그 이후로 누나는 이곳에 오는 일이 점차 줄어들었고 이제는 아예 오지 않고 있다. 서율 누나와 가장 친하게 지내는 성후 형조차도 요즘에는 누나를 볼 수 없었고 만나자고 해도 만나 주지 않는다고 했다. 내가 연락을 해보았지만 단답형의 문자만 보낼 뿐 전화는 절대 받거나 먼저 하지 않았다.

*

　최근 선배의 모습이 많이 안 좋아진 듯했다. 방학이 시작되기 며칠 전부터 무기력한 모습을 자주 보였고 에너지 넘치던 모습은 찾아볼 수 없었다. 처음에는 애써 힘을 내보려 했지만, 요즈음은 그럴 의지도 없는지 그냥 조용히 지냈다. 아이들도 선배가 걱정되는 듯 연락을 해왔다. 방학 이후에는 만나서 이야기하자며 문자를 보냈지만 모두 거절당했다. 문자로 무슨 일이 있는 거냐며 물어보아도 선배는 아무것도 아니라고만 할 뿐 정확한 이유는 알려주지 않았다.

　선배는 단답형으로라도 보내주던 문자를 이제는 아예 보내주지 않고 있다. 나는 걱정되는 마음에 잠이 오지 않아 머리를 식힐 겸 오랜만에 숲으로 향했다.

밤에 보는 그곳은 낮에 보는 풍경과는 차원이 달랐다. 숲속의 무지개들이 밝은 달빛에 비치며 더욱 오색찬란하게 빛나 아름다웠다. 구경을 뒤로하고 원래보다 더 깊은 곳으로 걸어갔다. 안쪽으로 조금씩 걸어 들어갈수록 색들이 점점 사라져 갔다. 색이 있고 없음의 차이가 잘 느껴지는 것 같았다.

반복해서 그곳을 걷던 중 옆에서 부스럭거리는 소리가 들려왔다. 다람쥐나 새가 있겠거니 싶어 고개를 옆으로 돌리자 놀랍게도 한동안 모습을 보이지 않던 선배가 있었다. 소리에 놀라 선배가 고개를 돌렸고 나와 눈이 마주친 선배가 놀란 듯 눈을 동그랗게 뜨고는 아무 말도 하지 못하고 있었다.

나는 그런 선배를 바라보다가 이내 선배의 옆으로 다가가 자리를 잡고 앉았다. 들여다본 선배의 얼굴은 전과는 너무나도 달랐다. 얼굴에는 생기가 없었고 울었는지 눈이 부어있을뿐더러 눈물 자국도 남아있는 것 같았다. 내가 선배를 빤히 바라보자 선배는 고개를 돌렸다.

"남의 얼굴을 왜 빤히 바라봐."

"아…… 죄송해요."

그 말 이후에는 또 다른 말이 이어지지 않아 그 상황이 어색하게 느껴졌다. 선배와 있을 때는 항상 편안했는데 오늘만은 굉장히 불편했다.

"……왜 갑자기 연락을 끊어요, 사람 걱정되게."

"아무 일 아니라고 했잖아."

"아무것도 아닌 사람치고는 너무 힘들어 보이는데. 무슨 일 있는 거죠?"

"상관하지 마!"

분명 무언가 숨기는 게 있는 듯했지만 말하려 하지 않았기에 더는 물어볼 수 없었다. 잠자코 있던 선배가 입을 열었다.

"……연락 안 한 건 미안해. 그냥, 아무도 보고 싶지 않았거든."

선배는 그동안의 일에 대해서 사과를 건넸다. 나는 그런 선배의 사과를 받아주며 말했다.

"이야기해 주면 안 돼요? 무슨 일인지 알아야 제가 뭘 어떻게 해주죠."

선배는 아무 말 없이 가만히 있다가 이내 작은 목소리로 말했다.

"……나한테, 다섯 살 차이 나는 동생이 있어. 밖에서는 조용하고 과묵하지만, 집에만 오면 내게 장난을 치는 장난기 많은 애였지. 나는 그런 장난이 싫었지만 그래도 좋았어. 그렇게라도 동생이 웃어 보였으니까."

"아……. 동생을 많이 아끼시나 보네요."

"응. 하지만, 이제 그 웃는 얼굴도 볼 수 없게 되었어."

"네?"

"……죽었거든. 자살이었다고 했어, 경찰이."

나는 선배의 말에 아무 말도 할 수 없었다. 선배에 눈에서는 또다시 눈물이 차오르고 있었고 차오른 눈물은 이내 볼을 타고 흘러내렸다.

"삼 년 전, 내가 막 성인이 되었을 때였어. 그때는 성인이 되었다는 것에 신나서 한창 놀고먹고 하느라 가족들을 좀 멀리했던 것 같아."

선배가 눈물을 삼키고는 이내 다시 말을 잇기 시작했다.

"그러면 안 됐는데. 나 때문에 죽은 거야. 네가, 조금 더 신경을 썼더라면 죽지 않았을 텐데……. 나 때문에, 내가 전화를 안 받아서……."

나는 아무 말도 하지 않은 채 그저 선배가 하는 이야기를 들어주기만 할 뿐이었다. 서럽게 울며 이야기하는 선배의 모습이 낯설면서도 구슬퍼 보이는 모습에 나까지 마음 한구석이 아려오는 것 같았다.

"그날 서준이가 전화를 했었어. 그것도, 수십 번을 말이야. 근데 난, 귀찮다면서 다 무시했어. 그게 뭐가 귀찮은 거라고 그랬던 건지……. 너무 후회돼. 난 그 애가 건네는 손길을 무시했어. 그 애의 희망을 없애버린 거라고……. 그래서 죽은 거야. 다, 나 때문인 거야……."

여름방학 기간은 동생이 목숨을 끊었던 시기였기에 그 기간에는 슬픔을 감추는 게 어려웠다고 했다. 나는 이야기를 들은 이후 그제야 선배가 요즘 왜 그렇게 힘들어 보였는지 알 수 있었다.

"그럼 숲에 안 온 건……."

"……결이를 볼 때마다, 항상 서준이가 생각났거든. 그래서 너무, 괴로웠어. 기일이 다가올수록 더 괴로워지니까……. 결이를 마주하면 눈물이 쏟아질 것 같아서……. 그래서 가지 못했어."

선배는 말을 하면서 눈물을 멈추지 못했다. 당연했다. 죽은 가족의 이야기를 하면서 그 누가 저런 눈물을 보이지 않을 수 있을까.

"……서준이가 살아있었다면, 지금쯤 결이랑 같은 나이일 텐데…."

선배를 위로해 주고 싶은 마음은 굴뚝같았지만 딱히 할 말이 없었다. 한참을 생각한 끝에 나는 계속해서 눈물을 흘리고 있는 선배에게 하나의 이야기를 들려주기로 했다. 오래전 있었던, 나의 마음에 묻어두었던 이야기를.

"……제게는 십삼 년의 일생을 쭉 함께 보내온 친구가 한 명 있어요. 기억이 존재하기 시작할 즈음부터 늘 그 기억 속에 함께 있던 친구였죠. 함께 보내온 시간만큼 우리는 정말 친했어요. 주변의 친구들이 형제라고 말할 정도로 저희는 항상 붙어 다녔죠."

나는 담담히 이야기를 늘어놓았다. 갑작스레 이야기를 시작한 탓에 선배의 볼을 타고 흘러내리던 눈물은 어느새 말라있었고 두 눈을 동그랗게 뜬 채 내 이야기에 집중하고 있는 듯했다. 나는 그런 선배의 얼굴을 힐끗 쳐다보고는 이내 다시 말을 이었다.

"우리는 서로에 대해 잘 알았어요. 무슨 고민이 있는지 단번에 알아차렸고, 서로의 생각과 감정 같은 것도 잘 알았어요. 하지만……. 전부, 제 착각이었나 봐요. 그 친구의 모든 걸 안다고 자부하고 있었는데 모르는 게 하나 있었어요. 그것도, 아주 큰 비밀을."

잠시 숨을 고른 후 떨리는 목소리로 말을 이어갔다.

"……심장병이 있었대요. 초등학교 때부터 아팠다고 하는데 저는 전혀 모르고 있었어요. 그때 친구는 정말 아픈 것 같지 않고 괜찮아 보였었는데 지금 다시 와서 생각해 보니 학교를 자주 빠졌었고 힘든 활동을 많이 하는 체육시간에는 항상 저 멀리 벤치에 앉아있었던 것 같아요. 저는 친구가 그냥 체육을 하기가 싫어서 꾀병으로 빠지는 줄 알고 항상 놀렸어요."

순간 가슴이 먹먹해지며 금방이라도 눈물이 쏟아질 것만 같았다. 하지만 이내 감정을 추스르고 말했다.

"그런 것 하나 눈치채지도 못했으면서 다 안다고 자부

했다니, 한심하죠?"

딱히 답을 바라고 한 말은 아니었다. 혼자 제멋대로 이야기하며 눈물을 흘리려 하는 게 뭐 하는 건가 싶어 한 말이었다.

"……아니, 전혀."

아무 말도 없던 선배가 입을 열어 말했다.

"왜냐면, 나도 그랬으니까. 나도 서준이가 어떤 생각을 하는지, 어떤 마음을 가지고 있는지 다 안다고 생각했었 거든. 그래서 너의 마음 잘 알아."

"……다행이네요."

잠시 대화의 흐름이 끊긴 듯했다. 나는 대화를 잇기 위해 말했다.

"……친구는, 오 년 전에 세상을 떠났어요. 친구가 아프 다는 걸 알고는 잘 챙겨주려 했지만, 이미 너무 늦은 뒤 였죠. 결국 아무것도 못해주고 그렇게 떠나보냈는데……. 그게, 너무 후회가 돼요. 조금 더 빨리 알았다면 더 잘해 주었을 텐데, 저 때문에 친구가 떠난 것 같아서 너무 힘 들었어요."

"지금은, 괜찮은 거야?"

"……괜찮을 리가 있겠어요. 그냥, 괜찮은 척할 뿐이 죠."

어색하게 웃는 내 모습을 보며 선배는 고개를 돌렸다.

나는 그런 선배의 모습에 멍하니 땅을 바라보았다. 아주 잠깐이었겠지만 한참이 지난 듯했다. 그 잠깐 이후 선배가 입을 열었다.

"원래 익숙해지지 않아, 그런 건."

"그렇죠. 친구가 떠난 지도 한참이나 지났는데 그 친구 기일과 가까워지면 항상 그러니까요. 그런데, 선배한테 동생이 있었는지 몰랐어요. 그런 일이 있었다는 것도 요……."

"……원래 가족 이야기하는 걸 그다지 좋아하는 편은 아니어서. 게다가, 서준이에 대해 이야기를 하면 내가 힘들기도 하고. 그래서 말을 안 한 거지."

선배는 잠시 머뭇거리더니 이내 조심스레 내게 말했다.

"그나저나, 너야말로 그런 일이 있었는지 몰랐어."

"저도 선배랑 비슷해요. 이야기하면 제가 곤란해지니까 그런 거죠."

우리는 서로를 마주 보며 희미하게 웃음을 지어 보였다. 내가 이야기하는 동안에 선배에 얼굴에 있었던 슬픔이 사라져 있었다.

"일부러 네 이야기 들려준 거야? 왜?"

"……위로해 주고는 싶은데 선배는 어떤 말을 듣든 위로라고 생각하지 않을 것 같았거든요. 이해하는 척 따위

는 하고 싶지 않아서 말이죠. 그래서 제 이야기를 들려
준 거예요. 적어도 이 이야기 뒤에 하는 말은 동정이라
생각하지 않을 것 같았으니까요."

"……그래. 정말 고마워."

"힘내라고 말해주고 싶지만 저도 그럴 상황은 아니니
까. 힘들면 기대요. 선배가 힘들 때 언제든 곁에 있어줄
게요."

"……정말 언제든지 말이야?"

"……네."

선배는 내 말에 작은 웃음을 지어 보이더니 이내 내
어깨에 머리를 기대었다. 나는 선배가 불편하지 않게끔
자리를 고쳐 잡았다.

그날 밤은 유난히 고요하고 더웠던 것 같았다. 그리고
그날의 색은 정말로 따뜻했다. 그 색이 너무나 따뜻해서
절대로 잊고 싶지 않았다. 그 따뜻한 색과 함께 그 일을
평생 기억하고 싶었다.

*

연락이 끊어졌던 누나는 한 달이 지나서야 밝은 모습
으로 다시 숲에 나타났다. 그동안 무슨 일이 있었는지
물어보았지만 서율 누나는 아무것도 아니라고만 했다.

그런 누나를 뒤로하고 성후 형에게 물어보았지만 형은 대답을 피하기에 바빴다.

"근데, 요즘 들어 형이랑 누나가 자주 같이 다니는 것 같지 않아?"

"응? 둘은 원래도 같이 다녔잖아."

"아니 그게 아니라, 더 가까워진 것 같지 않냐고."

현수의 말을 듣고 보니 정말 그런 듯했다. 전보다 더 가까운 사이가 된 듯했다. 대체 그 한 달 동안 무슨 일이 있었던 것인지 알 수 없었지만 서율 누나가 그동안의 일에 비해 괜찮아 보이는 것 같아 다행이었다.

방학이 시작되고 얼마의 시간이 흐른 후 다들 시간이 생긴 것인지 숲에 자주 모였다. 이 결 형은 이곳에 오면 주로 우리들의 모습을 그려주거나 숲의 풍경을 그리고는 했다. 범진과 현수는 처음보다 더 친해져 서로에게 장난을 치며 놀곤 했다. 범진이 일방적으로 당하는 것 같긴 했지만 그 둘의 입가에 웃음이 끊이지 않은 걸 보고는 내 입가에도 저절로 미소가 지어졌다. 영윤이는 항상 이 결 형의 옆에 앉아 작은 공책에 무언가 끼적이고는 했는데 우리들이 그것을 보려고 하면 급하게 숨기는 탓에 무엇을 썼는지는 알 수 없었다. 성후 형과 서율 누나는 서로의 만남에 대해 딱히 숨기려 하는 것 같지는 않아 보였다. 현수가 둘의 만남에 대해 물어보았을 때 숨기는 기색 하나 없이 모두 실토했기 때문이었다. 하지만 그 둘이 숨기고 있는 것은 그게 아닌 듯했지만 서로 말할 생각이 없어 보였기에 굳이 물어보거나 하지는 않았다.

이번 여름방학은 전보다 더 빠르게 지나가는 듯했다. 함께 즐겁게 하루를 보내는 사람들이 있어서일까. 시간은 흘러가고 즐거운 추억은 하루가 다르게 쌓여가고 있었다. 그런 추억들이 점차 쌓여갈수록 우리들의 무채색 마음에도 색이 점점 들어차고 있는 것 같았다.

*

그날 밤, 우연스럽게도 성후 형과 서율 누나가 나누는 이야기를 듣게 되었다. 그 이후에 간 숲에서 다른 형들은 그 이야기에 대해 모르는 듯했기에 나는 그날 밤의 이야기를 굳이 꺼내지 않았다. 그 둘에게 그런 일이 있었는지 전혀 알지 못했다.

"……그날, 형이랑 누나가 하는 얘기를 듣게 됐어요."

며칠이 지난 후 숲에서 형과 단둘이 있을 때 눈치를 보며 그날 일에 대해 이야기를 꺼냈다. 남에 이야기를 몰래 들어 마음이 찝찝했기 때문이었다. 나의 말에 형은 두 눈을 동그랗게 뜬 채로 무슨 말이냐고 물었다.

"그날 밤에 우연히 듣게 되었어요. 그냥 밤에 숲에 갔는데 정말 우연히 들었어요. 훔쳐들을 생각은 아니었는데 그냥 말소리가 들려서……. 그, 두 분 다 소중한 사람을 잃었다고……."

"……다른 애들한테도 얘기했어?"

"아뇨."

"다른 애들한테는 말하지 마. 알겠지?"

"네."

그 이후로 더는 어떠한 말도 이어지지 않았다. 어색함과 고요함만이 맴돌 뿐이었다.

"……서율 누나는, 이 결이 형을 통해서 동생의 모습을 보고 있는 거죠?"

"……그래, 맞아."

"형은, 현담이 형을 통해 그 친구를 보고 있고요, 맞죠?"

나의 말이 끝나고 형을 바라보자 형의 두 눈이 심하게 떨리고 있었다. 마치 들키면 안 될걸 들켜버린 사람과도 같았다.

"……어떻게, 알았어?"

"형의 시선이 머무는 곳에 항상 현담이 형이 있더라고요. 형을 통해서 그 친구를 떠올리시는 거죠?"

"그래, 맞아. 현담이가 그 애랑 정말 많이 닮았거든. 외모뿐만 아니라, 하는 행동이나 성격까지 말이야. 어떻

게 그렇게 똑같은 건지, 처음 봤을 때 정말 신기하더라
고. 그래서 계속 현담이를 보게 되고, 또 많이 챙겨주고
싶었어. 근데, 어떻게 안 거야? 나름 잘 숨기도 있다고
자부했는데 말이야."

"아, 그게. 저는 사람을 관찰하는 걸 좋아하거든요. 글
을 쓰고 있기도 해서 아이디어가 필요하면 관찰을 자주
하거든요."

"글을 쓰고 있구나."

"……네. 그래서 그런지 다른 사람의 사소한 습관 같은
것도 잘 알고 있어요. 형의 시선을 좇아보니까 그 시선
의 끝에는 항상 현담이 형이 있더라고요. 그때는 왜 그
렇게 형을 보는 건지 몰랐는데 이야기를 듣고 난 후에
이해하게 되었어요. 형이 현담이 형을 보는 그 시선은
누군가를 그리워하고 있는 눈빛이었거든요."

"대단한 관찰력이네."

"그렇게 대단한 것도 아닌걸요."

"조금은 자부심 가져도 좋아."

"……네. 그럴게요."

형과 누나는 다른 누군가를 통해서 잃어버린 소중한
사람을 떠올리고 있었다. 누구는 그 사람을 통해 과거의
옛 모습을 떠올리기도 하고 또 다른 이는 다른 누군가를
통해서 미래의 모습을 상상하기도 했다. 어느 누가 보느

나에 따라 다른 시점의 모습이 그려지고 있었다.

7

여름방학이 끝이 났다. 학교에 가는 게 낯설어졌을 정
도로 굉장히 오래된 것 같았지만 또 동시에 꽤 빠르게
지난 것 같았다. 개학이라 학교가 일찍 끝났기에 현수와
함께 숲으로 향했다. 숲 아래에서 범진을 만나 함께 올
라가게 되었다. 숲에 가보니 영윤이 그곳에 있었다. 아직
방학이 남아있던 영윤은 그곳에 오래 있었던 것 같았다.
현수가 영윤을 발견하고 다가가려 했지만 나는 그를 막
았다.

"왜 그래?"

"아, 그냥……. 한숨 쉬고 있는 것 같아서."

영윤은 항상 가지고 다녔던 공책을 들여다보며 한숨을 내쉬고 있는 것 같았다. 현수는 영윤에게 무슨 일이 있는지 물어보자며 다가갔다. 나와 범진도 그런 현수를 뒤따라 걸어갔다.

"영윤아."

"아, 형들……."

영윤은 우리를 발견하고는 들고 있던 공책을 가방에 넣었다. 범진은 그 모습을 가만히 바라보다 이내 다정히 말했다.

"영윤아, 무슨 고민 있어?"

"아……. 그건 왜……."

"아까 한숨 쉬고 있는 것 같아서. 고민 있으면 우리한테 다 털어놔."

영윤은 범진의 말에 잠시 고민하는 듯하더니 이내 입을 열었다.

"그게……. 저만 아직 진로를 못 정한 것 같아서요."

"응? 그게 왜?"

"다른 애들은 벌써 미래에 대한 길을 다 정해두고 고등학교도 어디로 가야 할지 다 정했는데, 저만 아직 방황하는 것 같아서요. 게다가 저는 그다지 눈에 띄게 잘하는 것도 없고, 특히 좋아하는 것도 없어서 뭘 해야 할지도 모르겠거든요……."

영윤의 말이 끝나자, 이야기를 잠자코 듣고 있던 현수가 말했다.

"꼭 진로를 지금 정해야 하는 건 아니잖아."

"네?"

"나도 고등학교 오기 전까지 그랬었어. 잘하는 것도, 좋아하는 것도 없다고 생각했거든. 내 주변 아이들은 진로 계획이 아주 뚜렷했는데, 나만 아직 아무것도 정한 게 없어서 초조했었어."

현수는 숨을 한번 고르더니 이내 다시 말을 이었다.

"그러던 시기에 어떤 선생님을 만나게 됐어. 초조하던 내 삶을 편안하게 만들어 주셨지. 다른 선생님들은 어서 진로를 정하라고 독촉했는데 그 선생님은 달랐어. 굳이 지금 정하지 않아도 된다고 하셨지. 그 말을 듣고 난 이후로는 답답했던 마음이 편해졌던 것 같아."

말하던 현수가 영윤을 바라보며 희미하게 미소를 지어 보였다. 그 미소는 지금까지 봐왔던 밝은 미소가 아닌 또 다른 편안하고 안정되는 미소였다.

"진로를 정하는 게 꼭 청소년 시기일 필요는 없어. 그냥 천천히 정해도 돼. 나도 아직은 미래 계획 같은 거 없어. 그런데도 괜찮아. 나는 꿈은 평생 찾아가는 것으로 생각하거든. 그러니까, 너무 조바심 낼 필요는 없어. 이것저것 많이 경험해 보면서 천천히 찾아가도 돼."

"아……."

현수의 말이 끝난 이후 영윤의 얼굴이 한결 밝아진 듯
했다. 꼭 진지하기만 하지 않고 그렇다고 너무 장난스럽
지도 않은 현수의 말투와 분위기에 조금은 편해진 듯했
다. 그날 현수의 말을 듣고 그가 내가 생각하는 것보다
훨씬 생각이 깊은 아이라는 것을 깨달았다. 무뚝뚝하고
독특하기만 한 애가 아니라 다른 이들보다 더 따뜻한 마
음을 지녔다는 것을 알 수 있었다. 현수가 가진 노란색
의 분위기는 밝기만 한 색이 아니라 누군가를 보듬어 주
기도 하는 색이라는 것을 그날 알게 되었다.

영윤은 그날 이후로 현수에게 자주 고민 상담을 하게
되었다. 그 내용이 하나같이 장난스러운 것들뿐이라 현
수는 영윤에게 짜증을 내고는 했다. 하지만 짜증을 늘어
놓으면서도 영윤의 고민을 진지하게 상담해 주기도 했
다.

8

　그날은 오후 늦게까지 도서관에서 공부를 하다가 하교
하게 되었다. 기다리겠다는 현수를 말렸지만 한사코 고
집을 부리며 나의 옆에서 함께 있었다. 공부하는 것은
역시 지루하다는 말을 하며 함께 귀가하게 되었다.

　숲으로 향하고 있는 와중 누군가가 나를 부르는 것 같
은 소리에 고개를 돌려 확인해 보니 웬 남자가 서 있었
다. 교복을 입고 있는 걸로 봐선 학생인 것 같았는데 모
자를 쓰고 있어 얼굴이 잘 보이지 않았다. 가만히 서 있
던 그 남자가 나를 향해 다가오더니 이내 내 앞에 멈춰

서 모자를 벗어 보였다. 모자를 벗은 그 얼굴을 마주한 순간 내 몸은 얼어붙어 버렸다. 이마에 옅은 상처가 나 있는, 희미한 미소를 이루고 있는 그 남자는 내 중학교 시절을 망쳐놓은 나의 악몽이었으니까.

"설마 해서 불러봤는데, 진짜 구현담이네? 야, 잘 지냈냐?"

그가 내게 말을 걸어올수록 내 심장은 비정상적으로 쿵쾅거리기 시작했다. 몸은 이미 얼어붙어 버렸기에 나는 아무것도 할 수 없었다. 현수는 영문도 모른 채 나와 그 애의 사이에 껴 우리를 지켜보고만 있었다. 그 녀석은 내 마음도 모른 채 계속해서 내게 말을 걸어왔다.

"잘 지냈나 보네? 얼굴 좋은 것 보니까. 그때는 진짜 죽을상이었는데."

나는 그에게 대꾸조차 하지 못한 채 가만히 바닥만을 응시했다. 그날의 기억이 내 머릿속에서 재생되며 내게 더 큰 두려움을 안겨주고 있었다. 현수는 가만히 있는 나를 뚫어져라 바라보다 이내 그 남자에게 말했다.

"대화 중에 미안하지만 우리가 급하게 할 일이 있어서 말이야. 이만 가볼게."

현수는 그렇게 말하고는 나의 팔을 잡아 뒤를 돌아 걸어갔다. 뒤에서는 작게 욕을 읊조리는 소리가 들려왔지만 못 들은 척하며 눈을 질끈 감았다.

현수는 내 팔을 잡아끌며 나를 숲이 아닌 자기 집으로 데려왔다.

"왜 숲으로 안 가고……."

"……그냥. 숲보다는 여기가 더 나을 듯해서."

"아……"

현수는 나와 그 녀석의 관계를 이미 어느 정도 예상하는 듯했다. 현수는 내게 따뜻한 차가 담긴 컵을 건네주며 말했다.

"아까, 그 녀석이랑……. 무슨 관계인지 말해줄 수 있어?"

현수의 말을 듣고도 나는 아무 말 없이 컵을 매만지기만 했다. 그러다 이내 그 행동을 멈춰 보이고는 말했다.

"……내가 중학생 때였어. 중학교에 입학한 지 얼마 되지 않았던 때에 그 녀석이 내게 다가와 말을 걸었지. 성격이 좋아 보여서 난 그 애와 친하게 지냈어. 근데, 시간이 지날수록 그 녀석이 나를 대하는 태도가 점점 달라지는 거야. 나를 막 대하기 시작하더라고. 그런데 그때까지는 특별히 이상한 점을 눈치채지 못했어. 원래 내가 눈치가 없는 편이기도 했으니까. 그 녀석은 내 머리를 치며 놀았는데 남자애들끼리 그 정도는 장난으로 많이 하니까, 기분 나쁘게 여기지 않았어."

잠시 머리가 울렁거렸다. 그러다 이내 정신을 차리고

는 다시 말을 이어 나갔다.

"근데, 때리는 횟수가 늘어나고 강도도 더 심해지니까 이건 아니다 싶어서 선생님께 이야기를 해봤는데, 내 말을 가볍게 여기더라고."

이야기하면 할수록 그때의 기억으로 인해 손이 계속해서 떨렸다. 나는 떨리는 손을 애써 감춰 보이고는 아무렇지 않은 척 이야기를 이어 나갔다.

"선생님은 아무런 조치도 취하지 않았고 그렇게 한 학년이 끝나갔어. 그 녀석이 그 짓을 그만두게 된 건, 겨울 방학이 시작될 즈음이었지."

나는 말을 멈추고는 왼쪽 교복 바지를 걷어 보였다. 바지 안에 속살이 드러나자, 그 안에 가려져 있던 커다란 화상 자국이 모습을 드러냈다. 현수는 그 화상을 보고는 두 눈을 동그랗게 뜬 채 말을 이어가지 못했다.

"아니, 어떻게……."

"장난이라고, 그렇게 말하면서 내 다리에 뜨거운 물을 부었어. 그 녀석이 날 이 꼴로 만들고 나서야 선생님이 나서더라고. 그 녀석은 강제전학을 당했고 동시에 소년원에 가게 되었어."

"아……. 그래서 긴 바지만 입고 다닌 거구나……."

나의 말이 끝나자, 현수는 어색하게 말을 늘어놓았다. 나는 그 모습을 보며 다시 말을 이었다.

"……한동안 잊고 살고 있었는데, 오늘 그 녀석이 다시 내 앞에 나타나니까 너무 두려웠어. 그때의 일이 이제는 괜찮아졌다고 생각했는데 그게 아니었어. 난, 아무것도 할 수 없었어."

"……널 힘들게 한 놈이니까. 당연해."

현수가 말을 마치자, 정적이 찾아왔다. 현수와 나는 서로 아무 말도 하지 않고 있다가 현수가 먼저 입을 열었다.

"……왜, 우리에게 이야기하지 않았어?"

그의 물음에 나는 헛웃음을 지으며 말했다.

"말했다면, 뭐가 달라졌을까?"

나의 싸늘한 눈빛과 차가운 말투에 그는 할 말을 잃은 듯했다. 이제 더는 할 말이 없다는 듯이 입을 꾹 닫고만 있을 뿐이었다. 역시 괜히 이야기했나 싶어 후회하던 중 그가 다시 입을 열었다.

"적어도, 너의 두려운 마음은 사라졌겠지."

"뭐?"

"네가 내 얘기 들어준 것처럼, 나도 그렇게. 그러니까, 이제는 무서워하지 않아도 돼. 넌 지금 혼자가 아니잖아. 나도 있고 범진이도 있고 결이 형, 성후 형, 서율 누나 그리고 영윤이가 있잖아. 우리가 네 옆에 있을 테니까 이제 아무 걱정도 하지 마."

그의 무덤덤하고도 따뜻한 말들이 나의 마음을 편안하게 만들어 주었다.

"응. 고마워, 정말."

그들의 말로 인해 두려웠던 마음이 순식간에 사라지게 되었다.

이튿날 오후, 나는 모두와 함께 숲으로 향하고 있었다. 서로가 오늘 하루에 관해 이야기를 나누며 길을 걷고 있었다. 숲에 거의 다다랐을 무렵에 뒤쪽에서 익숙하면서도 소름 돋는 목소리가 들려왔다. 나는 그 소리에 천천히 고개를 돌려보았다. 그곳에는 저번에 다시 만나게 됐던 그 녀석이 서 있었다.

"또 보네, 구현담?"

대체 왜 한참이나 지난 이후에 내 앞에 나타나 나를 괴롭히고 있는 건지 알 수 없었다. 나는 또다시 두려움에 휩싸여 아무것도 할 수 없었다.

"이야, 너 그동안 친구 많이 사귀었구나? 진짜 잘살고 있네. 나는 너 때문에 몇 개월 동안 개고생을 했는데 말이야."

그의 말을 듣고는 현수를 제외한 모두가 의아한 표정을 짓고 있었다. 모두가 아무 말도 하지 않고 있었고 나 또한 아무 말도 하지 못한 채 가만히 서 있었다. 정적이 이어지던 가운데 말을 꺼낸 건 범진이었다.

"너는 누군데 갑자기 찾아와서 뭐 하는 거야?"

그날의 범진은 평소에 내가 알던 범진이 아니었다. 놀랍도록 차가운 말투와 싸늘한 목소리는 그에게서 처음 보는 모습이었다.

"넌 빠져. 오랜만에 만난 친구랑 대화 좀 하겠다는데, 뭐가 문제야?"

"현담이가 불편해하잖아."

범진의 말에 그 녀석이 나에게로 시선을 돌리고는 말했다.

"야, 진짜냐? 너 나랑 얘기하는 게 불편해?"

"그, 그게……."

말이 제대로 나오지 않았다. 그는 내가 한심하다는 듯한 표정으로 나를 바라보고 있었다. 예전 그 표정과 같아 아무 소리도 낼 수 없었다. 내가 떨며 아무 말도 하지 못하고 있을 때 등 뒤로 따뜻한 손길이 느껴졌다. 현수가 나를 다독이고 있었다.

"어? 말해봐, 이 자식아. 진짜로 내가 불편해?"

"……어, 맞아. 나 너랑 이야기하는 거 불편해. 아니, 싫어. 그러니까, 당장 내 앞에서 사라져."

현수의 다독임에 용기를 내어 말했다. 나의 말에 그 녀석에 얼굴이 몹시 일그러졌다.

"봤지? 그러니까 꺼져. 그리고 다시는, 현담이 앞에 나타나지 마. 만약 네가 또 나타나서 현담이를 괴롭힌다면 그땐, 소년원 몇 개월로 안 끝날 줄 알아."

현수가 말했다. 우리의 차가운 시선을 견디지 못한 그가 찡그린 표정으로 나를 바라보다 이내 뒤를 돌아 발걸음을 옮겼다. 그가 내 시야에서 사라지자마자 안심한 건지 다리에 힘이 풀리며 그 자리에 그대로 주저앉고 말았다. 옆에 있던 현수와 범진이 그에 놀라 나의 팔을 붙잡고는 일으켜 주었다.

"괜찮아?"

범진이 내게 말했다.

"응……."

말은 그렇게 했지만 내 몸은 아직도 여전히 떨리고 있었다. 멈출 기미를 보이지 않던 떨림이 한참이 지난 후에야 진정됐다.

숲에 도착해서는 모두가 아무 말도 하지 않은 채로 나를 바라보고 있었다. 그러다 내가 진정된 것을 본 범진이 말했다.

"……우리한테, 무슨 일이 있었던 건지 말해줄 수 있어?"

그의 말에 나는 머뭇거리다가 이내 입을 떼어 몇 년 전 당했던 학교폭력과 이틀 전 있었던 그 녀석과의 만남을 모두 말해주었다. 나의 말이 끝나고 나서 그들은 나를 대신하여 분노를 표출하기도 했고 힘들었을 나를 위로해 주기도 했다.

그 녀석은 그 뒤로 모습을 보이지 않았다. 현수의 말에 큰 두려움을 느낀 듯했다. 정말 두 번 다시 소년원에는 가고 싶지 않은 모양이었다. 그들과 함께 하면서 나의 두려웠던 기억은 조금씩 치유되어 가고 있었다.

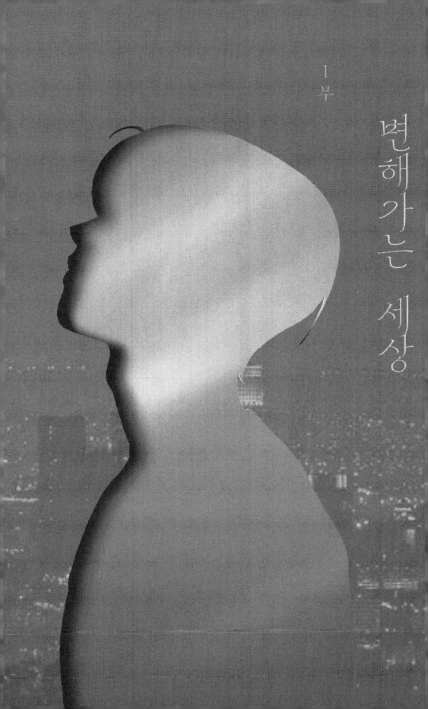

1 부

변해가는 세상

9

시간은 흘러 가을이 다가왔다. 물어오는 바람은 전보다 차가워졌지만 마음만은 따뜻한 듯했다.

가을이 찾아옴과 동시에 숲도 새 단장을 하고 있었다. 푸르렀던 잎은 조금씩 변하여 새빨간 잎으로 바뀌고 있었다. 새로운 숲에 모습에 나는 또 한 번 넋을 잃고 그곳을 바라보았다.

가을 이후로 범진이 숲을 찾아오는 날이 점점 뜸해지고 있었다. 범진에게 물어보니 그는 동아리 때문이라고 답했다. 이 결 형도 같은 동아리 부원이었기에 범진과 함께 모습을 보이지 않고 있었다.

"범진이랑 결이가 많이 바쁜가 보다."

"그러게요."

성후 형이 오랜만에 찾아와 범진과 이 결 형의 부재에 관해 물어보아 방과 후 동아리에 대해 말했더니 하는 말이었다. 성후 형은 오랜만에 이곳을 찾아왔는데 범진과 이 결 형을 보지 못해 아쉬워했다.

범진과 형을 보지 못한 채로 거의 일주일이 지나가고 있었다. 그 두 명을 제외하고 나머지 사람들과 대화를 나누고 있는 와중 휴대전화의 전화벨이 울렸다. 휴대전화를 꺼내 확인해 보니 범진에게서 온 전화였다.

"여보세요? 장범진, 무슨 일이야?"

ㅡ현담아.

오랜만에 듣는 그의 목소리에서는 약간의 떨림이 담겨 있었다.

"왜 그래. 무슨 일 있어?"

ㅡ그게, 말할지 말지 계속 고민했는데 아무래도 말하는 게 좋을 것 같아서……

"대체 뭔데?"

ㅡ……오늘 우리 동아리 부원들이 숲에 왔는데, 변했어. 이곳이……

"……뭐? 그게 무슨 소리야?"

-지금 이 결 선배가 거기로 가고 있어. 선배가 말해 줄 거야. 난, 다른 사람들 챙기러 이만 끊을게.

나는 알겠다는 말을 하고는 통화를 끝마쳤다. 전화를 끊은 뒤 정말로 이 결 형이 숲에 모습을 보였다.

"결아, 그게 무슨 말이야? 숲이 변했다니."

상황을 전해 들은 서율 누나가 이 결 형에게 물었다. 이 결 형은 뛰어왔는지 얼굴에는 땀이 맺혀있었다. 잠시 숨을 고르던 형이 서율 누나의 말에 대꾸해 주었다.

"……우리 동아리 부원들은 가끔씩 숲에 가서 부 활동을 하고는 하거든. 그곳은 항상 무채색이었는데, 오늘 다 같이 숲에 가보니까……"

이 결 형이 말을 끝맺지 못한 채 고개를 아래로 떨구었다. 아무 말도 하지 않고 있는 형에게 성후 형은 답답한 듯 말했다.

"숲이 뭐 어쨌다는 건데?"

"숲이 변했어. 그곳에, 색이 나타났다고."

그 말에 우리는 놀라움을 감출 수 없었다. 모두가 색이 나타난 것에 대해 의문점을 가졌을 테지만 굳이 물어보거나 하지는 않았다. 한참이나 말이 없던 우리 중 먼저 말을 꺼낸 것은 현수였다. 떨리는 목소리로 이 결 형에게 그것이 진짜냐고 따지는 식으로 말했다. 이 결 형은 대답 대신 직접 보여주겠다며 우리를 데리고 그 숲으로 향했다.

우리가 있는 곳에서 얼마 지나지 않은 곳이었다. 범진이 다니는 학교의 뒷산에 있는 곳에서 안쪽 숲이었다. 그곳 역시 처음 봤던 숲의 모습처럼 안으로 들어갈수록 그러데이션이 일어나며 세상이 바뀌고 있었다.

도착한 숲 한가운데에는 범진을 제외한 일곱 명의 사람이 모여있었다. 범진이 전에 말했던 동아리 부원들인 듯했다.

"장범진, 대체 이게 무슨 일이야?"

"……나도 잘은 모르겠어. 도대체 왜 갑자기 이런 건지."

"이게 정말 무슨 일이야…….."

범진과 현수가 이야기를 나누는 동안 우리는 그곳에 멀뚱히 서서 다른 이들을 바라만 보고 있었다. 성후 형은 동생으로 보이는 여자와 이야기를 나누다 이내 우리 쪽으로 다가왔다.

"갑자기 이런 곳이 왜 또 나타난 거야…….."

마찬가지로 혼란스러워하던 성후 형이 머리카락을 헤집어 놓으며 혼잣말로 중얼거렸다. 그런 형에게 어떤 남자가 다가왔는데 체격이 매우 큰 남자였다. 얼핏 보이는 명찰에는 '남유림'이라고 적혀 있었다. 꽤 어울리지 않는 이름이라 생각하고 있는 와중 그 남자가 말을 꺼냈다.

"그쪽은, 이것들에 대해 뭔가 알고 있는 거죠? 그렇다면 제대로 알려주세요."

"그…… . 저희 부원들이 조금 혼란스러워서 그런데, 자세히 설명해 주실 수 있으세요?"

뒤에서 또 다른 남자가 모습을 드러냈다. 앞서 본 남자보다는 체격이 좀 작기는 했으나 그 남자 역시 보통 사람보다는 체격이 큰 편이었다. 방금 그 남자와 같은 학년인 듯했다. 명찰을 보니 이름은 '배종현'이었다.

"아, 그게…… ."

"제가 얘기할게요."

성후 형 대신 현수가 설명하겠다며 나섰다. 조금 전의 당황스러워했던 얼굴은 사라지고 평소 무표정했던 현수의 얼굴이 돌아와 있었다. 표정 변화 없이 설명하는 현수의 이야기를 들으며 그 사람들은 차츰 이해된다는 표정을 지어 보였다.

"그러니까, 지금 이 숲에 있는 게 색이라고?"

"네."

"게다가, 이 현상이 나타난 게 처음이 아니란 말이야?"

"네."

포근하고 따스한 말투와는 반대되는 얼굴의 차가워 보이는 여자가 말했다. 뒤이어 성후 형의 동생으로 보이는 머플러를 목에 걸고 있던 여자가 말했다.

"그럼, 너희는 색이 나타난 이유를 알고 있어?"

우리는 그 질문에 고개를 저어 보였고 그 여자는 이내 아쉽다는 듯 고개를 돌려버렸다. 그 이후 어떠한 말소리도 들려오지 않았다. 한참을 침묵 속에 있던 와중 체격이 큰 남자가 그 침묵을 깨고서는 말했다.

"……소개가 늦었네요. 저는, 범진이랑 같은 동아리 부원인 3학년 남유림이라고 합니다."

뒤이어 차가워 보이는 얼굴을 한 여자가 말했다.

"반홍주입니다. 나이는 열여덟 살이고요. 그리고…….. 저도, 동아리 부원입니다. 여기 사람들도 다 동아리 부원이고요."

특이한 성 씨를 가진 여자의 말을 이어 이번에는 유림이라는 남자보다 조금 체격이 작았던 남자가 말했다.

"배종현이라고 해요. 유림이랑 같은 3학년입니다."

그 말에서 선함이 느껴지는 듯했다.

"저는 윤초록입니다. 성후 오빠 동생이에요."

머플러를 두르고 있던 여자는 예상대로 성후 형의 동생이 맞았다. 남매여서 그런지 형과 분위기가 굉장히 닮은 듯했다. 하지만 차분하고 싱그러운 목소리와 미소는 형과는 또 다른 모습이었다.

"너희도 이리 와."

홍주라는 여자의 부름에 뒤쪽에 있던 세 명이 모습을

드러냈다. 키가 큰 남자가 쭈뼛쭈뼛 인사를 건넸다.

"아……. 안녕하세요, 단청우이라고 합니다."

"아, 안녕하세요. 조 영입니다."

선한 인상을 가진 연한 갈색 머리의 남자였다. 나보다 작은 키를 가지고 있던 그 남자는 굉장히 왜소한 체격을 가지고 있었다.

"1학년 노이진입니다."

마지막으로는 날카로운 눈매를 가진 여자가 말했다. 인상만큼이나 굉장히 차가운 말투를 가진 그 애는 방금 보았던 그 조 영이라는 남자보다 작았다.

이후로 하는 대화에서 우리는 꽤 가까워졌다. 나이가 같았던 조 영과 이진도 생각보다 더 좋은 아이들이었다. 조 영은 인상만큼이나 선하고 해맑았고 굉장히 차가워 보였던 이진 역시 말투와 인상만 그랬을 뿐 좋은 사람이었다. 다른 사람들 역시 다정하고 따뜻한 사람들이었다.

"이렇게 있으니까 꼭 무지개 두 쌍이 있는 것 같네."

"응?"

"아, 가끔은 드문 확률을 뚫고 무지개 두 쌍이 하늘에 피어나기도 하거든. 그런 느낌이 들어서."

"음, 정말 그런 것도 같다."

서로의 분위기가 무지개가 되어 세상에 존재하고 있었다. 신비한 이곳에서 피어난 무지개가 정말로 아름답게 느껴졌다.

10

어느새 새 학기의 시작을 알리는 봄이 찾아왔다. 내가 이곳에 온 지도 어느덧 일 년이 다 되어가고 있었다.

"일 년 금방이네. 벌써 2학년이야."

"그러게. 영윤이는 이번에 고등학교 들어가는 거지?"

"네!"

서율 누나는 대학을 졸업하게 되었다. 성후 형과 이결 형은 학교에서의 마지막 학년에 들어섰다.

봄이 시작되었음을 알리고 있는 건 거리에 핀 벚꽃이었다. 예전에는 그 나무가 그리 예쁘다고 생각되지 않았었는데 숲에 핀 그 벚나무는 정말로 아름다웠다. 그때 벚꽃의 꽃잎이 흰색과 연한 분홍색으로 이루어져 있다는 것을 알게 되었다. 예전에 왔을 때는 벚꽃이 이미 진 후였던 터라 보지 못했었는데 이제 와 보는 벚꽃에 감탄을 멈출 수 없었다.

"벚꽃이 이런 색이구나……."

"그러게. 정말 예쁘다."

현수 역시 신기한 듯한 눈빛으로 벚나무를 바라보고 있었다. 이곳에 오고 색에 대해 많이 보았다고 생각했는데도 아직 신기한 것투성이라는 게 정말 놀라웠다.

*

봄꽃이 피고 얼마 후 우리는 새로운 학년에 들어섰다. 늘 그렇듯 긴장되는 일이었지만 또 금세 그 일상에 적응했다. 그렇게 보름이라는 시간이 흘렀고 힘든 하루를 끝마치고 있었다. 학교 선생님의 부탁으로 학교 화단에 물을 주고 있었다. 잠을 못 잔 탓에 연신 하품을 해대며 별생각 없이 화단에 물을 주었다. 그러기를 한참이 지났고 어느 정도 물 주기가 끝나자, 주변 정리를 한 이후 교실로 올라갔다.

"저것도 꽤 많이 자랐네."

문득 반에서 따로 기르고 있던 화분이 눈에 띄었다. 색이 없어 무채색을 띠고 있었지만 그 나름대로도 예뻤다. 잠시 그 화분을 바라보다 이내 다시 가방을 챙겨 교실 문으로 몸을 돌렸다.

"어? 너 왜 여기 있어?"

교실 문으로 같은 반 친구가 들어왔다. 나의 물음에 그 친구는 놓고 간 물건을 가지러 왔다며 대꾸했다. 작게 고개를 끄덕이고는 교실을 나가려 하는 순간 뒤쪽에서 무언가 큰 소리가 들려 발걸음을 돌렸다. 그곳에는 조금 전 그 친구가 넘어진 채 있었다. 그 친구에게 다가가 괜찮냐 물으려 했지만 순간 눈앞에 보이는 것으로 인해 행동을 멈춰 보였다. 친구의 시선을 따라 보니 화분이 있었고 그 화분은 변해있었다. 정확히는 화분에 있던 식물이었다. 꽃의 줄기가 초록색으로 변해있었고 꽃봉오리는 노란빛을 띠고 있었다. 분명 조금 전까지만 해도 색이 존재하지 않았는데. 생각할 겨를도 없이 아래서는 놀란 숨소리가 이어지고 있었다.

"저, 저건 대체……."

"아……. 저건, 그게 그러니까……."

어떤 말을 해야 할지 생각이 나지 않았다. 무슨 말을 해야 할지 계속해서 고민하다 이내 그의 곁으로 다가가 말했다.

"이건 못 본 걸로 해줘."

"저게 대체 뭔데……."

"아, 저건……. 우리 세상의 옛 모습."

그는 나의 말이 이해되지 않는다는 얼굴을 하고 있었다. 나는 그 모습을 보고도 아무 말 없이 싱긋 웃어 보인 채 화분을 들고 그대로 교실을 빠져나왔다.

*

재빨리 학교를 빠져나와 숲으로 향했다. 학교에서는 그 애에게 담담히 이야기해 보이긴 했지만 정말이지 혼란스럽고 걱정이 되었다. 그 애가 이야기를 하고 다니지는 않을지 걱정이 되었고 색이 이런 곳에 나타난 이유를 알 수 없어 굉장히 혼란스러웠다.

도착한 숲에는 모두가 모여 있었다. 숨을 거칠게 내뱉는 나를 보며 범진이 무슨 일이냐며 물었다.

"무슨 일 있어? 왜 뛰어온 건데? 설마, 또 그 녀석이 나타난 거야?"

"아, 아니야. 그게……. 또, 색이 나타났어."

"뭐? 또 숲에 색이 나타난 거야?"

"아니. 이번에는, 학교에서 키우던 화분에……."

나는 말을 하는 것과 동시에 들고 있던 화분을 모두에

게 보여주었다. 초록색 줄기에 피어난 노란빛의 꽃봉오리를 보자 모두가 입을 다물지 못했고 아무 말도 하지 않았다.

이야기가 다시 이어지기 시작한 건 그로부터 한참이 지난 후였다.

"이게, 진짜 무슨 일이야? 숲에 색이 나타난 걸로도 모라 자서 이번에는 화분이……."

"……요즘 들어 색들이 곳곳에 많이 나타나고 있는 것 같아. 숲속도, 화분의 식물도, 땅도……."

"뭐? 땅? 설마……. 다른 곳에도 색이 나타난 거야?"

"실은, 얼마 전에 시골에 갔을 때 봤어. 워낙 산골이라 사람도 별로 없는 곳이었는데, 거기서 봤어. 땅의 색은 여러 색이 혼합된 갈색이었어."

"아니, 그런……."

가만히 말을 듣고 있던 범진이 말을 잇지 못했다. 현수의 말에 모두가 또 한 번 혼란스럽다는 표정을 지어 보였고 나 또한 예외는 아니었다.

"정말……. 왜 이런 일이 일어나는 걸까."

누가 그런 말을 했는지는 기억이 나지 않았지만 그 질문을 들은 모두는 아무 말도 하지 않았다. 들려오는 답변이 없었다. 정말 짐작조차 할 수 없는 일이었다.

"역시, 이곳을 알리는 게 좋을까."

그 정적 속에서 범진이 목소리를 내었다. 혼자만의 비밀 장소로 남기고 싶다며 알리고 싶지 않다고 한 범진이 그런 말을 하니 놀랄 따름이었다.

"왜, 갑자기 그런 생각을 한 거야?"

"……아무래도, 세상에 색이 계속해서 나타나는 게 심각한 일인 것 같아서. 색이 곳곳에 계속해서 나타나게 된다면, 언젠가는 모든 사람이 다 알게 될 테니까. 그렇게 된다면 이곳을 알리는 게 더 낫지 않을까 해서……."

"내 생각은 조금 다른데."

"네?"

말을 잠자코 듣고 있던 성후 형이 말했다.

"아니, 왜요?"

"네 말대로 언제가 사람들이 알게 될 일이라면, 굳이 일부러 알리는 게 아니라 시간의 흐름에 따라 자연스럽게 알게 되는 게 낫지 않을까?"

성후 형의 말을 듣고 그 누구도 반박하거나 말을 잇지 않았다. 모두가 마음속으로는 이곳을 알리고 싶지 않았던 것 같다.

"……그 말도 일리가 있네요. 그러는 게 좋겠어요. 아니, 그러고 싶어요."

"나도, 우리만의 공간을 누구에게 알리거나 하고 싶지 않아."

모두가 너 나 할 것 없이 같은 말을 했다. 현수의 말에 힘을 보태듯 누나가 웃으며 말했다. 누나의 웃음이 무거웠던 마음을 편안하게 만들어 주는 듯했다.

　"그런데, 모든 사람이 색을 알게 되는 날이 오면 그때는, 왜 다시 색이 나타나게 되었는지 알 수 있을까?"

　"잘 모르겠어. 아마 평생 알아내지 못한 채 그냥 그 세상에 적응하며 살아갈지도 모르지. 근데 어쩌면, 색이 다시 나타난 이유는……. 이 세상이, 다시 옛 시절의 모습을 되찾고 싶어 하는 건지도 모르겠다."

　범진의 말에 나지막하게 말하는 현수의 말에 우리는 정말 그런 것일지도 모르겠다고 생각했다. 물론 그렇게 추측만 할 뿐 정확한 이유를 우리가 알아낼 수는 없었다. 현수의 말처럼 정말 세상이 옛 시절의 모습을 되찾고 싶어 그러는 것일지도 모르겠다고 나는 생각했다.

2부

또 다른 세상의 아이들

11

 내가 어릴 때 아버지께서는 내게 항상 흥미로운 이야 기를 들려주시곤 하셨다. 그 많던 이야기 속에서 유난히 선명하게 기억나는 이야기가 하나 있었는데 '색'에 대한 이야기였다. 그것이 무엇인지 전혀 몰랐고 실제로 본 적 도 없었지만 내 기억 속에서 아주 선명하게 기억되고 있 었다.

 그 기억이 어느 날 문득 생각이 인터넷에 검색해 보았 지만 아무리 찾아봐도 정확하게 알 수 없었기에 아버지 에게 물었다. 아버지는 색에 대해 '아름다운 것'이라고 답했다. 나는 그 의미를 이해할 수 없었고 아버지는 그런 나를 보며 사람 좋은 미소를 지을 뿐이었다.

색이 어떻게 생겼는지 몰랐던 내게 아버지는 그림을 곁에 가까이 둬보라고 말했다. 어쩌면 그 그림을 통해 내가 그토록 보고 싶어 했던 색에 대해 알 수 있을지도 모른다면서. 그림을 그리 좋아하지 않았던 나였지만 아버지의 권유로 그림을 그리기 시작하며 이전과 다른 마음을 느끼게 되었다. 그림을 그리고 있는 시간만큼은 세상에서 벗어나 자유로워졌고 무거웠던 마음이 가벼워졌다. 색을 알고 싶어 시작한 그림에 어느새 나는 진심이 되어가고 있었다.

고등학교에 가서도 그림에 대한 열정은 식지 않았다. 그런 나를 보며 선생님은 미술 동아리를 만들어 볼 것을 권유했고 나는 선생님의 말씀에 따라 미술부를 만들게 되었다. 비록 다섯 명밖에 되지 않은 작은 규모의 동아리였지만 그런데도 불구하고 열심히 활동했다.

적은 인원으로도 불타는 의지를 보였던 부원들은 시간이 지날수록 귀찮아하고 무기력한 모습을 자주 보이게 되었다. 단지 스트레스 때문이라고 생각한 나는 그들을 따로 터치하지 않았고 다시 괜찮아질 거로 생각하며 기다렸다. 하지만 학년이 올라가고 다시 돌아온 그곳에는 나 혼자만이 남아있을 뿐이었다.

동아리 부원들이 사라지자, 동아리를 이어갈 수 없다고 여겨 선생님은 동아리를 폐지하기로 했다. 동아리가 사라지는 것을 그냥 두고 볼 수 없던 나는 선생님께 부탁해 동아리를 유지할 수 있게 해달라고 말했다. 나의 말에 선생님은 내게 동아리 부원을 구해올 것을 요구했다. 한 달이라는 시간 동안 일곱 명의 인원을 채우지 못한다면 즉각 폐지라는 조건이 있었지만 나는 그것을 받아들이며 본격적으로 인원을 모으기 시작했다.

*

 첫 일주 일 정도는 동아리 홍보지를 여기저기 붙이고 다녔다. 친했던 친구에게도 홍보를 부탁했다. 그 노력이 통한 것인지 얼마 지나지 않아 동아리에 들어오고 싶다는 사람들이 모여들었다. 하지만 동아리에 관한 설명을 듣고는 그들 대부분이 재미가 없을 것 같다며 자리를 떠났다. 아무 계획도 없고 계속 그림만 그려야 한다는 것이 그 이유였다.

 "아…… 반홍주?"

 그중 유일하게 남아있던 학생이 홍주였다. 홍주는 나와 같은 중학교, 초등학교를 졸업한 동창생이었는데 같은 초등학교를 졸업했다는 사실은 얼마 전에 안 사실이었다.

"넌, 왜 여기 들어오고 싶은 거야? 다들 재미없을 것 같다며 가버렸는데."

"음, 그냥. 난 오히려 재미있을 것 같아서 말이지."

"……솔직히, 재미없을 것 같다는 말에 나도 어느 정도 동의하고 있어. 다들 떠난 것도 충분히 이해해. 괜히 나 때문에 여기 있지 않아도 돼. 너도 갈 거면 가봐도 좋아."

나의 말이 끝나자, 홍주는 조용히 웃음을 보이며 천천히 턱을 괴고는 말했다.

"너도 그렇게 생각하는 동아리를, 왜 이렇게까지 해서 유지하려는 건데?"

"……그, 찾고 있는 게 있거든. 그것 때문에 포기하지 못하는 것도 있고 애초의 여기가 좋으니까."

"아, 그렇구나."

홍주와는 그 뒤로 이야기를 더 나누다가 헤어지게 되었다. 이야기는 그다지 중요한 내용들이 아니었지만. 홍주가 교실을 나가고 얼마 뒤에 교실을 정리한 뒤 나 또한 교실을 나가려 가방을 챙겨 들었다.

"저기……. 동아리, 아직 들어갈 수 있죠?"

들려오는 소리에 놀라 고개를 들어 바라보았다. 교실 문 앞에는 한 남학생이 서 있었다. 작은 체구에 선한 인상을 한 남학생은 조 영이라는 아이였다. 그 애의 말에 나는 살짝 고개를 끄덕여 보였고 그 행동에 그 애는 환히 웃으며 교실 안으로 들어왔다.

나는 조 영이라는 애에게 이것저것 동아리에 관한 설명도 했고 질문도 몇 개 건넸다. 그리고 이내 마지막 질문을 건넸다. 이건 동아리와는 별개로 묻는 나의 생각이었다.

"왜 우리 동아리에 들어오고 싶은 거야? 다들 재미없을 것 같다면서 나가버렸는데."

"남들은 재미없어할지 몰라도 저는, 이런 거 나쁘지 않거든요. 주야장천 그림만 그리는 거."

그 애의 얼굴에 아직 할 말이 남아있는 듯 보였기에 차분히 다음 말을 기다렸다.

"……어릴 때부터 계속 그림만 그려 왔거든요. 그래서 익숙해요, 그런 거."

"아……."

그 이후 그 애는 감사하다는 말을 전하며 교실을 나갔다. 나도 그런 그를 뒤이어 교실 문을 굳게 잠그고는 교실을 나섰다.

그날 이후로 오는 지원자는 더는 없었다. 이대로 손 놓고 가만히 있다가는 동아리가 폐지될 수밖에 없었기에 직접 나서서 지원자를 찾기로 했다. 1학년과 2학년, 3학

년 층을 점심시간마다 차례로 돌아다니며 동아리에 들오
고자 하는 사람을 찾아다녔다. 나의 행동을 보며 관심을
가지는 사람은 수도 없이 많았지만 동아리에 들어오겠다
는 사람은 없었다.

12

　매일 같이 층을 돌아다녔지만 별 소득을 얻지는 못했다. 실망감을 숨기지 못한 채 동아리 실로 걸어갔다. 누군가가 나를 부르지 않았다면 그대로 교실 안으로 들어갔겠지만 그렇지 못했기에 나는 고개를 돌려 목소리의 주인을 바라보았다.

　"⋯⋯누구?"

　"⋯⋯아직도 동아리 부원 모집하고 있어요?"

　날카로운 눈매를 가진 여학생이었다.

　"아, 동아리 들어오고 싶은 거야? 바로 들어올 수 있는데."

"그, 면접 같은 건 안 봐요?"

"처음에는 했었는데, 지금은 물불 가릴 때가 아니라서. 그나저나 이름이 뭐야?"

"노이진입니다. 1학년이고요."

"음, 그래. 우리 동아리는 매주 화요일, 금요일에 활동해. 바로 내일부터 와도 되지만 아직 인원이 없어서 별다른 활동은 안 할 거야. 와도 되고, 안 와도 돼."

"네."

"그래. 그럼, 나중에 보자."

노이진이라는 여학생의 채워진 동아리 부원의 수는 나를 포함하여 네 명이었다. 앞으로 남은 인원은 세 명. 남은 기간은 일주일 남짓이었다. 그 안에 세 명을 채워야 했기에 같은 학년에서 그림을 좋아하던 아이들에게 동아리에 들어올 것을 권유하기도 했다. 특히 그림을 좋아하고 잘 그렸던 윤초록이라는 애와 이 결에게 더욱 붙어다녔다. 그런 내가 귀찮았던 것인지 이 결은 짜증 난다는 얼굴로 내게 화를 억누르며 말했다.

"……알겠어. 들어갈게. 들어갈 테니까, 이제 귀찮게 좀 굴지 마."

굉장히 짜증 난다는 표정을 지어 보였지만 나는 그에 굴하지 않고 기뻐했다. 또 다른 윤초록이라는 애도 처음에는 계속 거절했지만 나의 끈질긴 노력에 이내 들어오 겠다고 말을 전했다. 그 둘이 동아리에 들어옴으로써 남 은 인원은 한 명뿐이었다.

13

그 두 명을 설득하느라 이제 시간이 이틀도 남지 않았다. 남은 부원을 채워야 한다고 생각하면서도 이미 몸은 지칠 대로 지쳤기 때문에 아무것도 하지 못하고 가만히 동아리 실에 앉아있기만 했다.

"하……. 어떻게든 유지하고 싶었는데, 겨우 한 명이 모자라서 폐지해야만 한다니……."

얼마 남지 않은 시간 동안 이곳을 찾아올 사람은 없을 듯했기에 텅 빈 마음으로 쓰고 남은 홍보지를 챙겨 교실을 나섰다. 바닥만을 보며 복도를 걷고 있는데 앞에서 발소리가 들려왔다. 걷는 소리가 아니라 빠르게 뛰고 있는 듯한 소리였기에 고개를 들어 누구인지 확인하려는 순간 뛰어오던 사람과 부딪히게 되었다.

"아!"

짧은 외마디 비명을 내지르며 바닥에 넘어지고 말았다. 그 때문에 들고 있던 홍보지를 몽땅 떨어뜨리게 되었다.

"괜찮으세요? 정말 죄송해요……."

새하얀 피부에 검은 생머리를 지닌 남학생이 내 앞에 서 있었다. 굉장히 순해 보이는 얼굴을 한 남학생은 내게 연신 사과를 해대며 홍보지를 함께 주워주었다.

"정말 죄송해요, 뒤에서 선배들이 쫓아와서……."

종이를 다 주운 뒤 내게 그 종이를 건네며 말했다. 듣기에는 그저 변명으로밖에 들리지 않았지만 그의 선한 얼굴을 보며 진심이라는 걸 느꼈다. 뒤쪽에서는 키가 엇비슷한 남학생 둘이 걸어오고 있었다.

"어……. 그, 미안하다."

상황을 알아본 건지 내게 사과를 건넸다. 그 사람은 체격이 상당히 컸는데 그의 이름이 우람한 체격과는 어울리지 않은 '남유림'이었다.

"정말 미안해……."

옆에 있던 또 다른 남자가 말했다. 테가 얇은 안경을

쓰고 있었는데 방금 부딪친 그 남학생과 굉장히 닮은 사람이었다. 굉장히 닮은 외모에 그 둘이 형제 관계인 줄 알았으나 둘의 성 씨가 달랐기에 생각을 접었다.

"나는 배종현이라고 해. 이쪽은 남유림이고 같은 3학년이야."

"저는 1학년 장범진입니다. 아끼는 정말 죄송했어요."

"아니야. 난 괜찮아."

짧은 사과와 통성명을 마친 이후 정적이 찾아왔다. 몰려오는 어색함 때문에 얼른 돌아가려 몸을 돌리려는데 그 1학년 남자애의 목소리가 들려왔다.

"저기! 선배 혹시, 미술부원이세요? 그, 홍보지 붙이고 다녔던……."

"어……. 그, 왜?"

"아직, 부원 모집하는 거죠?"

"응? 응."

"그럼, 저희도 동아리 들어갈 수 있나요?"

그 말에 잠시 아무 말도 없이 서 있다가 이내 그들을 데리고 동아리 실로 향했다.

동아리 실에 온 그들은 벽에 걸려있는 그림들을 구경하느라 이래저래 바빠 보였다. 나는 벽에 걸린 그림을 구경하고 있는 유림 선배와 범진을 뒤로하고 종현이라는 선배에게 다가가 물었다.

"선배도 동아리에 들어오고 싶으신 거예요?"

"응. 왜?"

"아니, 그냥요. 궁금해서. 다들 들어오기 싫어했는데 선배들이랑 저 애는 다르니까요. 이유가 따로 있으세요?"

"음, 그냥. 경험을 쌓는 거지. 내 목표를 이루기 위해 지나가는 길, 같은 거?"

"목표요?"

"응. 요즘 사람들은 미술의 그다지 관심이 없거든. 관심이 있다고 해도 소수에 불과하니까. 또, 인공지능으로 그림을 대체하고 있는 요즘에는 더 말이지. 난 그런 사람들에게 미술에 대해 더 많은 걸 알리고 싶어. 감정이 느껴지지 않은 그런 흥미 없는 그림들 말고, 창작자의 감정과 아름다움을 느낄 수 있는 작품을. 그게, 내 목표야."

"선배는, 정말 멋진 목표를 가지고 계시네요. 응원할게요."

마냥 그림을 좋아하고 즐기는 나와 다르게 확실한 목표가 존재하는 선배가 정말 어른스럽게 느껴졌다.

"근데 유림 선배랑 그, 범진이랑은 어떤 사이인 거예요? 굉장히 친해 보여서요."

"아, 유림이랑은 어릴 때부터 알던 사이고 범진이랑은

학교에서 우연히 만나서 친해진 거야."

"아, 그래요?"

"응. 둘 다 그림을 굉장히 좋아하는 사람이더라고. 관심사가 같아서 그런 건지 금세 친해졌어."

선배는 앞에 있는 그들을 보며 작은 웃음을 지어 보였다.

"나는 아직도 그림을 좋아하는 사람이 남아있는 게 정말 좋아. 같은 마음을 공유한다는 건 정말로 기쁜 일이니까."

"네. 그렇죠."

선배가 하는 말에 맞장구를 쳐주며 말을 이었다.

"선배랑 모두, 동아리 일원이 된 걸 환영해요. 앞으로 잘 부탁드릴게요."

나의 환영 인사에 선배는 눈을 동그랗게 뜨더니 이내 웃으며 말했다.

"응, 나도."

"동아리 활동은 매주 화요일과 금요일이에요. 정식 활동은 다음 주부터니까 이번 주는 안 오셔도 돼요."

"그래, 알겠어. 다음 주 화요일부터 가면 되는 거지?"

"네. 아, 다른 분들한테도 말해주셔야 해요."

"알았어. 그나저나 대단하네."

"네? 뭐가요?"

"나였으면 금방 포기했을 텐데 용케 버텼잖아. 그렇게 해서 인원도 모은 거고. 난 정말 대단하다고 생각해."

"아, 그렇게 대단한 것도 아닌 걸요……."

선배의 말에 부정하는 내 모습을 보며 선배는 웃어만 보일 뿐이었다.

14

  이틀을 남기고 인원을 모으는 것에 성공하였다. 부원들을 모으면서 다양한 사람을 만나고 새로운 인연들을 만들어 냈다. 동아리에 들어온 모두가 모여 정식으로 동아리 활동을 할 것을 상상하니 입가에는 저절로 미소가 지어졌다.

  남은 날 동안 또 올지도 모르는 지원자를 기대했으나 그 세 명을 끝으로 더는 오는 사람이 없었다. 나를 포함한 총인원은 아홉 명이었다. 다른 동아리에는 미치지 않는 인원수였으나 나는 이마저도 좋았다. 동아리를 유지

할 수 있게 된 것만으로도 좋았다.

동아리 활동이 아직 없는 지금 동아리 실을 정리하였다. 점심시간을 활용하여 그곳을 정리하거나 숙제 등을 하며 시간을 보내고 있었다. 금요일 점심시간에도 정리를 조금 한 다음 숙제를 하고 있는데 갑자기 교실의 문이 열리며 누군가가 들어왔다.

"아, 선배."

"이진이? 동아리 활동도 없는데 왜 왔어?"

나의 물음에 이진은 그냥 교실이 시끄러워 이곳으로 왔다고 답했다. 이진의 손에는 각종 공책과 필기도구가 들려있었다.

"그래. 방해 안 할 테니까 편하게 있다가 가."

"네."

짧게 말을 내뱉고는 내 책상 맞은편에 앉아 공책을 펼치고는 공부하는 듯했다. 나는 그 모습을 잠시 바라보다 이내 나의 문제집을 바라보았다. 서로 아무 말 없이 각자의 할 일을 하던 중 또다시 교실 문이 열렸다. 이번에는 누군가 하며 보니 조 영이 문 앞에 서 있었다.

"조 영?"

"노이진?"

이진과 조 영은 서로의 이름을 부르며 놀란 듯했다. 둘이 아는 사이냐는 내 말에 그들은 같은 반이라고 말했다.

"뭐, 굳이 둘이 친하게 지내라고는 안 할게. 그나저나, 영이 너는 왜 온 거야?"

"아, 저 그냥 조용히 그림이나 그리다 가려고요……."

"그래. 이리 와서 편하게 있어."

"네. 감사합니다."

조 영은 들고 있던 것들을 책상에 내려놓더니 이내 어떠한 그림을 그리기 시작했다. 빠른 연필의 소리가 들리는 것을 보아 스케치를 하는 듯했다. 그곳에서는 사각거리는 연필 소리와 종이 넘기는 소리만 들려올 뿐 말소리는 들려오지 않았다.

어느 정도 시간이 흐른 이후 이진과 조 영은 하던 것을 멈추고는 짐을 챙겨 교실을 나갔다. 다음에 보자는 내 말에 고개를 살짝 끄덕이며 모습을 감추었다. 시계를 보니 곧 점심시간이 끝나가 나 또한 서둘러 교실을 나갔다.

*

주말을 보내고 월요일이 지나 어느새 화요일이 되어 첫 동아리 활동을 시작할 수 있었다. 처음으로 모두가 모인 만큼 각자 자유롭게 그림을 그리는 것으로 시작했다. 옆에서 지켜보던 선생님은 내게 슬며시 다가와 어떻게 인원을 모은 것이냐고 물었다.

"선생님은 제가 인원 못 모을 줄 아셨나 봐요?"

"아니, 그런 건 아니고 정말 궁금해서 그러지."

"뭐, 운명이었나 보죠."

"오글거리게 뭐니. 어쨌든, 동아리 잘 이끌어 봐."

"네. 열심히 해볼게요."

시간이 조금 흘러 동아리 활동이 끝나갔고 모두가 하던 것을 멈추고는 자리를 정리한 이후 차례로 교실을 나섰다. 모두가 돌아가고 선생님도 자리를 비운 이후 그곳에 혼자 남아 휴식을 취했다. 선생님께 받은 열쇠를 연신 만지작거리며 주변을 둘러보았다. 한 것도 몇 없었지만 평소보다 더 기가 빨린 듯했다.

"단청우. 너는 집에 안 가?"

순간 언제 왔는지 모를 홍주 문 앞에 서 있는 채로 말했다. 순간 당황한 나머지 버벅거리며 답했다.

"어? 어. 가야지. 근데, 넌 왜 다시 왔어?"

"아, 두고 간 게 있어서."

홍주가 내게 말하고는 정말로 책상 서랍에서 공책 하나를 꺼내 갔다.

"뭐 해, 단청우. 안 갈 거야?"

"어? 아니, 가. 이것만 정리하고."

홍주는 가려던 발걸음을 돌려 내게로 걸어왔다. 내 손에 들려있는 종이 뭉치를 보고는 무엇이냐 물었다.

"이게 뭐야?"

"아까 부원들이 그린 그림."

"나 한번 봐도 돼?"

"아……. 그래. 봐."

홍주는 부원들이 그린 그림을 하나하나 자세히 살펴보더니 이내 나를 바라보며 말했다.

"이 중에 네 거는 어떤 거야?"

"어, 이거."

나는 홍주가 들고 있던 것 중 맨 뒤쪽에 있던 그림을 가리키며 꺼냈다.

"와……. 이게 네가 그린 그림이야? 너 그림 진짜 잘 그리는 애였구나? 네 그림은 한 번도 본 적이 없으니까 몰랐네."

"아……. 고마워. 네 실력에 비하면 아무것도 아니지만…"

"겸손한 척은. 이 정도면 자부심 가져도 좋아. 정말 잘 그리는걸!"

홍주는 계속해서 내 그림을 칭찬해 주었다. 우리는 서로의 그림을 칭찬하며 학교를 나섰는데 그리 친한 편이 아니었음에도 같은 취미로 인하여 말이 굉장히 잘 통했다. 홍주가 원래 이랬나 싶을 만큼 대화의 흐름을 잘 이끌어 주었기에 시간 가는 줄 모르고 떠들어 댔다.

"근데, 네가 전에 말했었던 찾고 있는 게 뭐야?"

"어?"

길을 걷던 중 빨간 불로 바뀌어 버린 건널목으로 인해 잠시 걸음을 멈추었을 때 홍주가 내게 말했다.

"그것 때문에 포기하고 싶지 않은 거라며. 그게 대체 뭐야?"

"음, 그게. 아버지가 옛날에 들려주신 이야기에 있었어."

"이야기?"

"응. 어느 한 사람이 변해버린 세상을 되찾는 이야기였어. 이야기는 그다지 재미있지 않았지만 나는 그 중심 소재에 빠져버렸지. 바로 '색'이라는 거였어. 그게 내가 찾고 싶은 거고."

"색?"

"지금 존재하는 무채색 말고, 아름다운 것. 그걸 내 눈으로 직접 보고 싶어. 미술과 색은 많은 면에서 연관된 거라고 해서 계속 곁에 두고 있는 거야."

"색이라……. 어떤 건지 나도 궁금하네. 만약 그걸 찾게 되면 나한테도 보여줘야 해!"

"그래."

대화가 끝나자마자 건널목의 불빛이 바뀌었다. 건널목을 건너고 집으로 향하는데 계속해서 홍주와 가는 길이 겹치고 있었다. 처음에는 우연이라 생각했지만 아파트 입구까지 함께하는 것을 보고 그제야 홍주가 같은 아파트에 사는 이웃이라는 것을 깨달았다. 홍주도 그걸 알았는지 나를 향해 멋쩍은 웃음을 지어 보였다. 나도 함께 어색한 미소를 지어 보이며 승강기에서 헤어지게 되었다.

"홍주가 같은 아파트에 살고 있는 줄은 몰랐네."

조금 전 있었던 일을 떠올리며 간단히 씻은 이후 침대에 누웠다. 한참이나 휴대전화를 들여다보다 문득 초등학교 시절의 홍주는 어떤 모습이었는지 궁금해져 졸업앨범을 꺼내보게 되었다.

"이 앨범도 오랜만에 꺼내보네……."

펼친 앨범 속에서 홍주를 찾아보았다. 마지막에 다다라서 홍주를 찾아볼 수 있었지만 정말 홍주가 맞나 의심하게 되었다. 사진 속 홍주는 지금의 모습과 아주 달랐다. 단발머리에 굉장히 차가워 보이는 지금에 비해 초등학교 시절 홍주는 긴 생머리를 뒤로 질끈 묶고 있는 순한 인상의 학생이었다.

"와…… 예전에는 이렇게 생겼었구나."

사람이 이렇게도 달라질 수 있다고 생각하며 앨범을

덮고는 다시 원래 있던 책상에 꽂아두었다. 홍주의 옛 모습을 보다보니 사진 속 홍주가 왜인지 슬픈 것처럼 보였다. 분명히 웃고 있었음에도 그 웃음이 거짓된 웃음 같아 보였다. 그런 생각이 들었지만 이내 나의 착각일 뿐이라며 머릿속에서 그 생각을 지웠다.

15

다음 날 오후였다. 오늘은 동아리 활동도 없고 학원도 쉬는 날이었기에 편안한 마음으로 수업을 들었다. 졸린 눈을 깜박이며 듣다 보니 어느새 하교 시간이 다가왔다. 하교할 시간이 되니 아이들은 너도나도 할 것 없이 짐을 싸고 있었다. 그 모습을 바라보며 나도 함께 가방을 챙겨 들었다. 종이 울린 후 곧이어 선생님이 들어오셨다. 짧은 종례가 끝나자마자 아이들은 쏜살같이 교실을 나갔다.

학교를 나선 이후로는 정처 없이 계속 학교 주변을 맴

돌며 집에 가지 않고 있었다. 별다른 이유는 없었다. 그냥 계속해서 맴돌던 와중 문득 어릴 적 아버지와 자주 갔었던 학교 뒷산의 등산로가 보였다. 오랜만에 그 길을 따라 걷는데 사람들이 드나들지 않는 산 안쪽으로 길이 나 있는 것이 보였다. 호기심을 이기지 못해 나는 숲 안쪽으로 발걸음을 돌렸다.

"우와…… 진짜 넓다……"

길을 따라 걸어가 보니 이런 곳이 정말 존재하는 건가 싶을 정도로 넓고 아름다운 공간이 있었다. 그곳을 본 순간 마음속 깊은 곳에서 무언가를 느꼈다. 어쩌면 이곳이 나의 궁금증을 해소해 줄지도 모르겠다고.

그곳을 발견한 이후 곧바로 집으로 돌아왔다. 아무 색도 없는 그 공간이 어째서 내 궁금증을 해소해 줄지도 모르겠다고 생각했던 것일까. 게다가 그 찰나의 순간에 왜 편안하다고 느낀 것인지 생각해 보았다. 하지만 좀처럼 이유를 알 수는 없었고 끝내 다다른 생각은 그곳을 부원들 모두에게 보여주고 싶다는 것이었다.

금요일 방과 후에 그날 보았던 숲에 관한 이야기를 꺼냈다.

"저기, 제가 좋은 장소를 알아서 그런데 동아리 야외 활동을 해보는 건 어떨까요?"

"응? 갑자기?"

"우리 부원들한테도 보여주고 싶은 곳이라서 말이야. 인적 드문 숲인데, 굉장히 좋을 것 같아서."

나의 제안을 듣고는 다들 쉽사리 결정을 내리지 못했다. 그 고요가 이어지고 있는 와중에 말을 꺼낸 건 홍주였다.

"나는 괜찮을 것 같은데, 선생님이 허락해 주실까? 게다가 숲이라면 그리 안전하지도 않을 테고……."

"선생님이 같이 가면 괜찮을 거라면서 허락해 주시더라고. 선배랑 너희들도 괜찮다고 하면 가려고 해."

"……그럼 난 찬성. 나쁘지 않을 것 같은데?"

종현 선배를 필두로 모두가 좋다는 의견을 내보였다.

"그럼, 그곳에는 언제 가는 거야?"

"최대한 빨리 가보려고는 하는데. 다음 주 화요일은 어때?"

"음, 그냥 지금 가보면 안 돼?"

"응?"

"오늘은 그곳이 어떤지 구경하러 가자. 미리 봐두는 것도 나쁘지는 않으니까."

"어……. 다른 사람들은 어때? 선배들은요?"

홍주는 그곳을 빨리 보고 싶은 듯 붕 뜬 마음을 주체하지 못하고 내게 말했다. 모두도 괜찮다고 했기에 선생님과 함께 그 숲으로 향했다.

"와 대박……."

그곳에 도착한 이후 선생님과 부원들은 넓게 뚫려있는 그 숲을 바라보며 감탄을 자아냈다. 그들의 반응을 보며 이곳에 오길 잘했다고 새삼 생각했다.

그날은 별다른 활동을 하지는 않았다. 그냥 숲을 이곳 저곳 돌아다니며 시간만 보낼 뿐이었다. 각자가 자유를 만끽하는 것을 보며 앞으로 이곳에서 있을 날들이 기대가 되었다.

*

장소만 바뀌었을 뿐 전과 다를 바가 없었다. 똑같이 그림을 그리거나 가끔 이론 수업을 할 뿐이었다. 다들 묵묵히 할 일을 하는 모습을 보니 지루하다고 느끼는 내가 괜히 한심해 보였다.

한 시간 정도 지났을 무렵 활동을 끝마친 이들이 주변을 정리하고는 각자의 갈 길을 갔다. 나도 그런 그들을 따라 짐을 가방에 넣고는 숲을 내려가려 했다.

"어. 조 영, 너 안 갈 거야? 이진이도?"

"아……. 조금 더 그리고 가려고요."

"저도요."

"뭐, 너무 늦게까지만 있지 마."

조금 더 있겠다는 그들에게 너무 늦게까지 있지 말라며 말하고는 숲을 내려갔다.

16

이진과 단둘이 남아있다는 것이 나를 신경 쓰이게 만들어 도무지 집중할 수 없었다. 같은 반이었지만 대화를 많이 나눠본 적은 없었기에 그 시간이 어색하게 느껴질 뿐이었다. 결국 그 상황을 참을 수 없어 가방을 챙겨 숲을 나가려는데 이진의 말이 나의 발목을 붙잡았다.

"잠깐 더 있다가 가."

"어? 어, 알았어."

그냥 갔을 수도 있었는데 이진의 그 한마디로 인해 발길이 떨어지지 않았다. 가려던 걸음을 멈추고는 이진의 옆으로 다가가 앉았다. 그러고는 아무 말 없이 그리던 그림을 이어 그리기 시작했다. 이진이 나를 붙잡은 이유는 알 수 없었지만 나를 싫어하지는 않는 것 같았기에 그냥 그 곁에 있을 뿐이었다.

"……내가 가려는 거 괜히 붙잡은 건 아니지? 그런 거라면 미안."

"응?"

가만히 앉아서 그림을 그리던 이진이 행동을 멈춰 보이고는 말했다. 이진의 갑작스러운 사과에 어찌할 바를 모른 채 그대로 있을 뿐이었다. 그러다 이내 마음을 진정시키고는 말했다.

"아니야. 덕분에 그림도 더 그릴 수 있었고, 난 좋아."

"아. 그렇다면 다행이네."

"근데, 아까 나는 왜 붙잡은 거야?"

나의 질문을 들은 이진이 잠시 가만히 앉아 있다가 이내 그리던 것들을 정리하며 말했다.

"그냥. 혼자 있는 걸 싫어해서."

"응?"

"어릴 때 하도 혼자 있다 보니 이제는 혼자 있는 게 싫어서."

"아……. 그렇구나."

"……더 안 물어봐?"

"어, 뭘?"

"내가 왜 혼자 있어야 했는지, 같은 거. 궁금한 거 아니야?"

이해되지 않는다는 얼굴로 내게 말하고 있었다. 딱히 알 이유도 없었고 그런 질문을 하는 것은 이진에게 실례인 것 같았기에 질문을 하지 않았다. 그런 나의 말에 이진은 또 한 번 이해되지 않는 얼굴로 말했다.

"다른 사람들은 궁금해서 나에게 말해달라고 했는데, 너는 다르네."

"나는 사람의 과거 같은 건 잘 물어보지 않는 편이야. 곤란해할 수도 있으니까. 그리고 우리가 그 정도로 친한 건 아니니까."

"……그래, 그렇구나. 그럼, 지금부터 친해져 보는 건 어때?"

"뭐?"

갑작스러운 말에 어떻게 대꾸해야 할지 몰라 생각에 빠졌다. 그런 모습을 보며 이진이 여전한 무표정으로 말을 이었다.

"뭐, 같은 반이기도 하고, 같은 동아리니까. 친해지면 좋을 것 같아서. 앞으로 대화도 자주 나누고 서로에 대해 알아보자. 너는 어때?"

예전부터 줄곧 혼자였던 이진이 늘 마음에 걸렸다. 친

해지고 싶어 하는 이들은 수도 없이 많았지만 이진은 쉽게 다가갈 수 있는 사람이 아니었기에 이진과 가까이하는 사람은 없었다. 물론 나조차도 다가갈 수 없어 지켜보기만 할 뿐이었는데 이렇게 가까이 다가갈 수 있어 나 또한 좋았다.

"그래! 나도 좋아."

"그럼, 앞으로 잘 부탁해."

말하는 이진의 얼굴에서 지금껏 본 적 없는 환한 미소가 내려앉아 있는 것을 보았다. 평소의 무표정과 대비되는 그런 환하고 순수한 미소였다. 그 미소를 지어 보이는 이진은 누구라도 다가올 정도의 밝은 모습이었다. 그런 모습을 보자 순간 알 수 없는 감정이 밀려왔다. 기쁨이었을지도 모르는 그 감정이 무엇인지 생각해 보기도 전에 이진의 목소리가 들려왔다.

"기쁘다. 친구가 생겨서."

"……나도, 너랑 친해질 기회가 생겼다는 게 좋아."

내가 말을 마치자, 이진은 다시 한번 환히 웃음을 지어 보이며 숲을 내려가자고 말했다. 그 말에 나와 이진은 함께 숲을 내려갔다. 내려가는 동안에는 아무 말도 나누지 않았다. 할 말이 없어서였는지 그냥 말을 하고 싶지 않았던 것인지는 알 수 없었다. 숲 아래에 다다랐을 무렵에 이진이 내게 말했다.

"다 왔네. 그럼, 내일 보자."

"응. 내일 봐."

이진은 내게 그런 말을 건네고는 이내 저 멀리 걸어갔다. 처음 보는 이진의 표정이 조금은 낯설면서도 보기 좋았다. 이진이 저런 미소를 평소에도 짓는다면 좋을 것 같다고 생각했다. 그러다 이내 멀어져 가는 이진을 바라보다 발걸음을 떼었다.

그날을 기점으로 우리는 반에서도 자주 이야기를 나누는가 하면 동아리가 있는 날에는 함께 교실로 향하기도 했다. 그때마다 이진은 내게 작지만 환한 미소를 보여주곤 했다. 그 모습은 오로지 나에게만 보이는 표정이었다. 아이들은 함께 이야기를 나누는 우리를 보며 내게 질문을 쏟아냈지만 나는 별다른 말을 하지 않았다. 숲에서의 일을 이야기하는 것은 어려웠기에.

17

최근 들어 동아리에 다니는 조 영과 이진이 부쩍 친해
진 듯해 보였다. 항상 무표정을 하고 있던 이진이 조 영
과 있을 때는 간간이 웃음을 보이고는 했으니까. 그런
모습이 조금은 낯설기도 하면서 친해진 둘을 보는 것이
나쁘지 않았다. 홍주 또한 그런 그들을 보며 미소를 보
이곤 했다.

"이진이가 아주 어두운 줄로만 알았는데, 의외로 밝기
도 하네. 보기 좋아."

"그러게."

"아, 근데 생각해 보니까 다음 주가 방학식이구나."

"아, 그렇네?"

기말고사가 끝났다는 것도 잊어버린 채 동아리 활동에 열중하다 보니 어느새 방학이 성큼 다가와 있었다. 방학에도 활동해야 하는 동아리였기에 어떤 식으로 활동을 이어가야 할지 고민이 많아졌다. 그런 나를 보며 초록이 내게 다가와 말을 걸었다. 무슨 고민이 있냐는 초록의 말에 방학 동안 동아리 활동을 어떻게 이어가면 좋을지 초록에게 의견을 물어보았다. 초록도 잠시 고민하는가 싶더니 이내 말했다.

"어차피 선생님이랑 상의도 할 거니까 의견만 내보자면, 일주일에 한 번씩 숲에 가서 활동하면 어때? 그곳은 그늘도 져 있으니까, 그리 덥지도 않을 테고 아니면 개인마다 과제를 내서 방학 동안 해오기로 하는 건?"

"나쁘지 않은 것 같아. 좋은데? 한 번 고려해 볼게."

"개인 사정으로 오지 못할 수도 있으니까 난 과제로 내는 게 더 좋을 것 같아."

옆에서 가만히 대화를 듣고 있던 홍주가 말을 붙였다. 홍주의 말에 작게 고개를 끄덕여 보이며 고려해 본다고 말했다.

동아리 활동은 일주일 한 번 매주 금요일마다 숲에서 활동하고 가는 것으로 결론지었다. 만약 개인의 사정으로 오지 못하는 경우가 생기면 그 사람에게 따로 과제를 내주기로 했다. 방학 동안의 동아리 활동 계획은 그렇게 얼추 마무리되었고 어느새 방학이 시작되었다.

*

여름이라는 것을 알리듯 매우 덥고 습했다. 숲에서 만난 부원들은 모두 사복을 입고 있었는데 밖에서 만난 적이 없어 낯설면서도 새로웠다. 각자의 성격이 반영된 듯한 옷을 보고 있자니 왜인지 자꾸만 웃음이 새어 나왔다.

방학이 시작되었다는 것 때문인지 부원들 대부분이 들떠있었다. 서로 이야기를 나누며 장난도 치기는 했지만 활동은 모두 열심히 했다. 과제를 하던 중 목이 아파져 고개를 돌렸을 때 홍주와 눈이 마주쳤다. 홍주는 내 눈을 피하지 않고 계속해서 나를 바라보았다. 그러다 이내 일어나더니 내 옆에 자리를 잡고는 앉았다.

"넌 어째 방학 되고 나니까 더 피곤해진 것 같냐."

"그래? 아, 너무 오래 앉아있어서 그런가."

"힘들면 집에 가서 쉬어."

"아니야. 나는 오히려 밖에 나와서 좋은걸."

"그래? 뭐, 나도 나오니까 좋기는 하네. 조금 불편하기는 해도, 방학 때는 별일 없으면 아예 집 밖에 안 나왔는데 말이야."

"맞아. 좋지."

홍주는 내게 걱정을 늘어놓고 있었다. 조금 불편하다고 말은 해도 꽤 좋아하고 있는 듯 보였다. 다른 부원들도 싫어하지 않는 듯했다.

부원들은 그날의 활동량을 끝내면 각자 정리를 하고 난 뒤에 숲을 나갔다. 이 결은 말 한마디도 하지 않은 채 가장 먼저 숲을 나서는 사람이었다. 이 결이 숲을 나가고 나면 그를 따라 차례로 선배들과 범진이 함께 나갔고 선배들이 가고 얼마 후에는 윤초록이, 다음은 조 영과 이진이 함께 숲을 나갔다. 그래서 늘 마지막에 남는 사람은 나와 홍주였다. 내가 할 일을 끝내고 일어서는 순간에도 홍주는 그때까지 계속 그림을 그리고 있었다. 매우 불편할 텐데도 홍주는 집중한 채 아무 움직임을 보이지 않았다.

다음 주에 다시 그곳에 보여 활동했을 때, 나 또한 그날의 활동을 다 끝내지 못해서 평소보다 늦게까지 남아 있게 되었다. 그때 처음으로 홍주와 함께 남게 되었다. 홍주의 그림은 볼 때마다 감탄을 자아낼 수밖에 없었다. 원체 그림을 잘 그리는 홍주였지만 고등학교에 들어오고 난 이후에는 그 실력이 나날이 늘어가고 있었다.

"……야, 내 그림 좀 그만 쳐다봐. 닳겠다."

"아, 미안."

넋을 잃고 제 그림을 바라보는 내가 신경이 쓰였는지 내게 말했다. 그 목소리에 보고 있던 그림에서 급하게 눈을 뗐다. 그 모습이 웃겼는지 홍주는 피식 웃어 보였다.

"미안, 그림이 예뻐서……."

"뭐, 괜찮아. 그나저나, 계속 그림만 그리다 보니까 집중력이 좀 떨어지는 것 같네."

"너 집중 엄청나게 잘하던데? 전혀 흐트러지지 않았어."

"그냥 티가 안 날 뿐이지."

"그렇구나. 근데 나, 네가 그린 그림 봐도 돼?"

"응? 뭐, 그래."

건네받은 종이를 한 장씩 넘기며 홍주가 그린 그림을 하나하나 자세히 살펴보았다. 어릴 때와는 다른 그림체였지만 그 특유의 분위기는 그때 그대로였다.

"네 그림은 초등학생 때랑 비슷한 것 같아."

"……뭐?"

"분위기가 말이야. 예전에 네가 그렸던 그림이랑 굉장히 비슷해."

"……미안한데, 옛날이야기는 안 하면 안 될까?"

그렇게 말하며 갑자기 짐을 싸는 홍주가 이상했다. 게다가 그 분위기는 평소에 홍주가 지니고 있던 분위기가 아니었다. 평소보다 조금 더 어두운, 한마디로 화가 난 듯한 모습이었다.

"미안. 난 이만 가볼게."

어느새 짐을 다 싸고는 급하게 자리에서 일어났다. 아무 이유도 없이 그런 행동을 보이는 홍주를 이해할 수 없었고 나는 그런 홍주의 팔을 붙잡고서는 말했다.

"왜 그래, 홍주야. 내가 뭐 실수한 거 있어?"

그렇게 말하면서도 홍주의 기분을 상하게 할 만큼의 실수는 생각나지 않았다. 설마 옛 시절의 이야기를 꺼내어 그러는 것일까?

"난, 옛날이야기를 하는 걸 싫어해."

"……왜?"

홍주가 왜 옛날이야기를 싫어하는지 알 수 없었다. 이유를 묻는 내게 홍주는 담담하지만 화가 담긴 목소리로 말했다.

"……그때 난, 내가 쓸모없다고 여겼어. 그래서 항상 조용히 지냈었지. 잘하는 것 하나 없고 쓸모없던 그때가, 내게는 얼마나 지옥 같았는지 알아? 난, 그래서 초등학생 때를 싫어해. 그때는 나 자신이 작았던 때였고, 그래서 그런 내가 싫었어. 그때는 사라지고 싶다는 생각도 여러 번 했었다고. 하지만, 이대로 끝내기에는 아쉬웠어. 나는 나 스스로가 쓸모 있는 사람이 되기로 마음먹었고, 그렇게 노력해서 지금의 내가 있을 수 있었어. 그때의 나를 다른 이들이 알아보지 못하도록 나를 바꿨다고."

다 지나간 시간이라고만 생각했다. 마음속에 쌓아둘 이유가 없는 기억이라고만 생각했는데 홍주가 그때를 그렇게 생각하고 있었는지 알지 못했다.

"나를 알아보지 못하게 하려고 얼마나 노력했는데⋯⋯. 너, 나를 알고 있었어? 근데 왜 모른 척했던 거야?"

"⋯⋯모른 척한 건 아니야. 굳이 이야기할 이유가 없었으니까. 게다가, 네가 같은 초등학교에 다녔었다는 건 나도 얼마 전에 알았거든."

홍주는 나의 말을 듣고는 아무 말도 하지 않은 채 고개를 돌려버렸다. 무시의 의미였을까.

"⋯⋯갑자기 그때 일을 꺼내서 미안해. 정말 미안. 그럼, 나는 먼저 가볼게."

나는 다급하게 하던 말을 마치고는 누군가에게 쫓기듯 자리를 빠져나왔다. 이번 일로 홍주와 멀어지게 되는 건 아닐까. 누군가와 멀어지는 것에 신경 쓰지 않던 나였지만 그때만큼은 왜인지 두려웠다. 멀어진다는 게 두려웠다. 두려운 마음이 깊숙해져 온몸이 떨려왔다.

그 뒤로 홍주와는 숲에서 만나도 대화하기가 어려웠

다. 문자를 보내려 해도 전화를 해보려 해도 좀처럼 쉽지 않았다. 대화의 흐름이 어느 순간 옛날이야기를 꺼낼지도 몰라 걱정되어 그랬던 것 같다. 홍주는 그때 일에 대해 신경을 쓰지 않는 것처럼 보였다. 그것이 오히려 말을 걸기 어렵게 만들었다.

"……야. 그렇게 불편하게 있지 마. 그때는, 그냥 과장해서 한 말이야. 나 정말 괜찮다니까? 아무렇지도 않아."

내가 눈치를 보는 것이 불편했던 것인지 홍주가 먼저 다가와 말을 걸었다.

"그래도, 마음에도 없는 말 내뱉은 건 아닐 거 아니야. 그래서 신경 쓰이는 거라고."

"……뭐, 진심이기는 했지. 옛날이야기를 하는 게 싫은 건 사실이지만, 그렇게까지 부정적으로 생각하지는 않았다고. 신경 쓸 것 없다니까?"

"……내가 생각하는 너와 진짜 너는 아주 달랐구나, 하는 생각이 들어. 나는, 너에 대해 아무것도 몰랐던 것 같아."

"당연하지. 어릴 때는 내가 말이 없었고, 중학교 들어선 이후로는 그때 일을 이야기한 적이 없었으니까."

"내가 생각하는 너와 진짜 너는 너무 다를 것 같아."

"나를 어떻게 생각하기에 그런 말을 하는 건데?"

잠시 고민을 하며 내가 생각하는 홍주를 떠올려 보았

다. 평소에 어땠는지 네가 무슨 성격을 가졌는지 생각해
보았다.

"넌, 누구에게나 밝지. 화를 내는 법을 모르는 것처럼.
그리고 어느 사람에게나 친절하고 그들을 편안하게 만들
어줘. 그래서 모두가 너를 좋아해. 하지만, 네가 무슨 생
각을 하는지는 알지 못하지. 그 밝은 표정 속에 다 감춰
져 있으니까. 그래서 난, 네 진짜 모습을 알고 싶어. 거
짓으로 꾸며진 지금 모습 말고 네 진짜 속마음을 말이
야."

말을 마치고 홍주를 바라보자 놀란 듯한 얼굴을 하고
있었다. 잠깐 나를 바라보다 이내 고개를 아래로 내리고
는 손가락을 꼼지락거리며 말했다.

"……만약, 네가 나를 알아가는 과정에서 나한테 실망
하면 어떡해?"

"걱정하지 마. 난 절대 실망하지 않아. 그만큼 네가 좋
으니까. 오히려 너를 알아갈 수 있어서 좋은걸?"

"……그래. 나도 좋아. 너를 더 알아갈 수 있는 기회가
생겨서 말이야. 앞으로는 네가 모르는 나를 보게 될 텐
데, 진짜 나를 마주할 준비가 되어있어?"

"응. 그럼."

"그래. 그럼, 앞으로 잘 부탁해. 청우야."

홍주를 알아갈수록 기존에 알고 있던 모습과는 전혀

다른 모습을 볼 수 있었다. 서로 알아가는 것이 전보다 더 가까워진 느낌을 주고 있었다.

18

한동안 동아리 활동과 더불어 학교 숙제들 때문에 시간 가는 줄 모르고 있었다. 쌓여있는 숙제를 하나하나 처리해 나갈수록 새 학기는 점점 다가오고 있었다.

길었던 방학이 지나가고 새 학기가 시작되었다. 오랜만에 들어선 동아리 실은 방학 동안 방치되어 있던 탓에 먼지가 쌓여있었다. 때문에 청소를 한 이후에 교실을 써야만 했다. 개학을 한 이후로는 귀찮기 때문인지 한동안 숲에 가지 않고 있다가 몇 주가 지나서야 가게 되었다.

"선생님, 남유림이 오늘도 바빠서 활동 못 할 것 같다고 갔어요."

"그래? 이번에도 왜인지는 말 안 해주더니?"

"말은 안 하는데 입시 때문인 것 같기는 해요."

"그래도 요즘에 너무 빠지는데, 무슨 일이 있는 건가……."

유림 선배는 방학 때도 바쁘다는 이유로 몇 번씩 숲에 오지 않은 적이 있었다. 개학을 한 이후로 처음 몇 주는 계속 활동에 참여하기는 했지만 그 뒤로는 또다시 동아리 활동을 빠진 채 모습을 보이지 않고 있었다. 종현 선배에게도 정확한 이유를 말해주지 않았지만 선배는 아무 일도 아닐 거라고 말했다. 하지만 그럼에도 걱정은 쉽사리 사라지지 않았다. 그런 내 모습을 보았는지 동아리 활동이 끝난 이후에 종현 선배가 내게 다가와 말했다.

"청우야. 그렇게 걱정되면 유림이랑 이야기하러 가보지 않을래?"

"네?"

"아마 지금 바로 건너편 입시 미술 학원에서 수업하는 중일 거야. 이따가 끝나는 시간에 맞춰서 같이 갈래?"

"아, 저도 그러고는 싶은데 오늘은 선약이 있어서요. 죄송해요."

"아니야. 죄송해할 것 없지. 그럼, 내일 보자 청우야."

"네."

*

    방과 후 동아리가 끝나고 학원 앞에서 유림을 기다렸다. 유림은 중학교에 들어온 직후에 학원을 다니게 되었다. 열정적인 그의 모습에 나는 유림을 응원해 주며 곁에 머물고 있었다. 하지만 고등학교에 들어서고 3학년이 되던 해에 어느 순간 그 열정은 사라졌었고 그 자리에는 절망만이 남아있는 것을 보게 되었다. 걱정을 끼치기 싫어했던 그였기에 제 딴에는 나름 숨긴다고 숨겨 보였지만 아쉽게도 그는 거짓말을 잘하는 사람이 아니었다. 그렇지만 이유를 물어도 답해주지 않을 것을 알았기에 모른 척 가만히 있었다. 그래도 평소에는 잘 지내는 것 같아 안심하고 있었는데 이번에 유림이 동아리를 나오지 않고부터는 직감적으로 진정 무슨 일이 생겼다는 것을 알게 되었다. 역시나 답을 해주지 않는 그를 보며 오늘에서야 제대로 대화를 해보기 위해 햇살이 강한 땡볕 아래서 삼십 분을 서 있었던 것 같다.

    오랜 기다림 끝에 유림이 학원을 나왔지만 나를 아는 체도 하지 않고 그대로 길을 걸어갔다.

    "야, 남유림."

    "왜 불러?"

"오랜만에 대화 좀 하자. 여기서 이야기할 거리는 아니라고 생각하는데, 숲이나 갈래?"

함께 가자는 나의 말에 그가 마지못해 알겠다고 답했다.

*

숲에 도착하고는 막상 이야기를 꺼내지 못했다. 처음으로 그의 앞에서 보이는 긴장된 모습이었다. 이런 대화를 해본 지 오래되어서였을까. 수많은 소리가 목에 걸린 채 쌓여만 갔다.

"……나 아무 일도 없다니까. 진짜 끈질기네."

가만히 있는 내가 답답했는지 그쪽에서 먼저 말을 꺼내왔다. 아무 일 없다는 말이 자신 역시 속이려는 것이라는 걸 왜 본인만 모르고 있는 걸까. 그 모습이 답답한 건 나 역시 마찬가지였다.

"아무 일도 없다면서, 동아리는 왜 자꾸 빠지는 건데?"

"이제 고등학교 3학년인데, 집중할 때잖아."

"……야. 내가 너를 한두 번 봤어? 너를 제일 잘 아는 건 너희 부모님 다음으로 나야. 무슨 일 있으면 그냥 털어놓으라니까? 말 안 하는 게 더 걱정 끼치는 거라는 걸 왜 몰라?"

"……하. 모르겠다."

긴 한숨을 내쉬면서 이제 어쩔 수 없다는 듯이 말을 내뱉기 시작했다.

"그냥. 인생이 조금, 불공평한 것 같아서."

"뭐?"

"누구는 빛나기 위해 열심히 노력하고 있는데, 정작 빛 나는 건 노력하지 않는 다른 사람이잖아. 누구보다 노력 하고 열심히 하는 건 난데. 왜 내가 아니라 다른 사람이 빛나고 있는 거지? 왜 나는 빛나지 않는 거야? 왜? 신은 불공평해. 열심히 하는 사람에게는 아무것도 주지 않으 면서, 진심 같지도 않은 애한테는 재능을 주잖아."

"무슨 소리야. 네가 재능이 없기는 왜 없어. 누구보다 재능이 있는 건 너라고."

"정말 그렇게 생각해? 나보다 뛰어난 사람들은 세상에 널리고 널렸어. 나는 아무것도 아니라고. 나는, 절대 그 사람들처럼 될 수 없어."

그 말을 끝으로 들려오는 소리는 없었다. 고개만 푹 숙이고 있는 그를 보며 나는 아무런 소리도 낼 수 없었 다.

"……동아리는 왜 안 오는 거야?"

여러 생각을 거친 끝에 나온 말이었다. 그는 내 목소 리에도 아무런 미동 없이 소리만 들려주었다.

"다, 부질없는 짓이야. 시간 낭비일 뿐이라고. 네가 같이 가자고 해서 별수 없이 가기는 했지만, 역시 안 가는 게 더 나았을 거야."

처음 보는 그의 모습이었다. 절망에 빠진 채 말을 내뱉고 있는 그의 모습이, 평소에 그냥 숨기려고만 하는 모습과는 달랐다. 그래서인지 그의 진실한 소리를 들을 수 있었고 그가 어떤 생각을 하는지 알 수 있었다.

"내가 아는 남유림은 그렇게 쉽게 포기하는 녀석이 아닌데."

"뭐?"

"내가 아는 너는 항상 원하는 건 손에 넣는 사람이잖아. 그게 물건이든, 사람이든 간의 말이야. 네가 얻고 싶은 게 그런 위치의 재능이라면, 더욱 노력해서 손에 넣어. 그리고 앞으로 너보다 더 뛰어난 사람들은 수도 없이 만나게 될 텐데, 그런다고 포기하면 안 되지. 아무리 재능이 있다고 한들 노력이 없으면 그건 무의미해져. 넌 너의 길을 가. 노력하지 않는 녀석들은 금방 한계에 부딪힐걸? 그러니 지금은 조금 힘들다고 해도, 포기하지 마. 왜, 그런 사람들 있잖아. 계속 노력해서 언젠가 성공을 맛본 사람."

"난 그런 사람들과는 달라. 나는 그렇게 될 수 없어."

"네가 그런 사람과 다를 게 뭐가 있어. 열심히 노력

하는 것. 그게 같잖아. 그러니까, 너답지 않게 절망하지 말고 일어나."

나의 진심 어린 말에도 그는 도저히 일어설 기미를 보이지 않았다. 절망에 빠진 이를 다시 일으키는 것이 이토록 어려운 일인가. 당장 또 다른 해줄 말이 없어 그저 묵묵히 그를 지켜보다 이내 말했다.

"있잖아, 그거 알아? 절망은 희망을 체념한다는 그런 뜻도 있지만, 간절히 바란다는 뜻도 가지고 있어."

고개를 숙이고 있던 그가 슬며시 고개를 들어 나를 바라보았다. 나는 그런 그를 본체만체하며 다시 말을 이어갔다.

"그러니까 내가 하고 싶은 말은, 절망도 언젠가는 다시 일어설 수 있게 만드는 희망이 아닐까?"

"······그런가."

"응. 그러니까, 다시 이겨내. 넌 할 수 있어. 그건 내가 보장 해줄게. 그리고 너도 사실은 동아리를 좋아하잖아. 얼른 돌아가자고 애들이, 너를 기다리고 있어."

말이 끝나고 나서 그는 나를 빤히 바라만 보고 있었다. 그 시선을 피하지 않은 채 나도 그를 바라보았다. 잠깐 보고 있던 유림의 시선이 아래로 내려가더니 이내 아스라한 미소를 지어 보이며 말했다.

"그래. 일어날게. 내가 일어나야 네가 이렇게 잔소리

안 하지."

"잔소리는 무슨. 너는 친구가 걱정을 해줘도 뭐라 그러냐?"

"하하. 고맙다, 고마워."

"……뭐, 그래서 이제 괜찮아진 거야?"

나의 말에 그가 다시금 미소를 지으며 말했다.

"어. 덕분에 고맙다. 이건 진심이야."

다시금 원래의 모습을 보이는 그를 보며 짧지만, 깊은 한숨을 내쉬었다. 안심해서였을지도 모른다. 유림이 이렇게까지 어두웠던 적은 단 한 번도 없었기에 이야기를 늘어놓으면서도 많이 걱정했다. 내가 지금 하는 이야기가 오히려 독이 되는 것은 아닐까, 하며. 그러한 걱정이 무색할 만큼 그는 다시 예전처럼 활기를 띠고 있었다.

"야, 편의점 갈래?"

"네가 사는 거야?"

"뭐, 오늘은 내가 사줄까?"

유림이 내게 얼른 오라며 손짓을 보였다. 나는 그 모습에 웃으며 그를 따라 숲을 내려갔다.

19

    종현 선배가 이야기를 잘 나눈 것인지 그날 이후로 유림 선배는 다시 동아리에 오게 되었다. 다들 걱정을 많이 했다고 말하자 선배는 웃으며 걱정 끼쳐서 미안하다고 말했다. 그동안 무슨 일이 있었는지 묻는 내게 선배는 심경에 조금 변화가 있어 그랬던 것이라고 말했다. 무슨 이유로 그랬는지 묻자 종현 선배는 가만히 웃어 보였다. 그 웃음이 더는 묻지 말라는 신호인 것만 같아 답을 듣지 못한 채 고개를 돌렸다. 아무래도 답을 듣기는 어려운 듯했다.

유림 선배가 다시 돌아오고 난 이후 가을이 찾아왔다. 중간고사가 끝나고 함께 놀자는 동아리 부원의 약속에 모두가 좋다고 하였고 시험이 끝난 직후 오랜만에 숲에 가게 되었다.

"나랑 유림이는 전에 한 번 오기는 했는데, 너희는 개학하고 나서 처음인가?"

"네. 그래서 어떻게 변했을지 궁금해요."

"나도, 빨리 보고 싶다. 풀이 많이 자랐을까?"

서로 이야기를 나누며 걷다 보니 어느새 숲에 다다랐다.

"아니. 이게 대체……."

숲에 도착하자 보이는 풍경에 나는 내 눈을 의심할 수밖에 없었다. 숲은 생전 처음 보는 무엇인가로 뒤덮여져 있었다. 그것이 무엇인지 알 수 없었던 나는 얼어붙은 듯 가만히 서 있을 수밖에 없었다. 다른 이들도 많이 놀랐던 것인지 아무런 말이 없었다. 하지만 무엇인지 알 수 없어 놀란 다른 부원들과 달리 이 결과 범진은 묘하게 다른 표정을 짓고 있었다. 무엇 때문인지 물으려 다가가려는 순간 범진이 말을 꺼냈다.

"선배, 이거……."

"이게 어떻게 여기에……."

그들은 지금 이곳에 있는 저것들이 무엇인지 아는 듯했기에 그 둘에게 다가가 말을 붙였다.

"장범진, 이 결 너……. 이게, 뭔지 알고 있는 거야?"

"아, 그게……."

"설명은 나중에. 범진아, 일단 내가 거기 가서 다른 사람들을 불러올게. 너는 여기 있어."

"아, 네……."

이 결이 떠나간 이후 범진은 당황스럽고, 놀란 듯한 표정으로 가만히 선채 우리를 바라보았다. 그 침묵 속에서 종현 선배가 떨리는 목소리로 말을 꺼냈다.

"다른 사람을 부르러 간다는 건, 그 사람들은 이게 뭔지 알고 있다는 거네? 너도 그렇고."

"……네."

그들이 이야기를 나눌 때 나는 그곳을 멍하니 바라보았다. 낯설지만 익숙하며 편안하게 느껴지는 것. 처음 보는 것이었지만 이토록 아름답게 느껴지는 것. 나는 그걸 보며 이것이 내가 그토록 찾고 싶어 했던 색이라는 것을 직감했다. 그걸 깨닫고 난 후 두근거리는 마음을 애써 억누르며 범진을 향해 말했다.

"저기 혹시, 이게……. 그 색이라는 거야?"

나의 물음에 범진은 두 눈을 동그랗게 뜨고선 어떻게 알았냐고 말했다.

"그게, 내가 예전부터 찾고 싶어 했던 거야. 어릴 때 아버지가 색에 관한 이야기를 들려주신 적이 있거든. 나는 그걸 직접 보고 싶었어. 근데, 직접 보니까, 상상했던 것보다 더 아름다워……."

색이 아름답게 피어있는 그곳을 바라보며 말했다. 다른 누군가가 보기에는 무언가에 홀린 듯한 모습이었을 것이다. 나의 그 모습에 범진의 당황했던 얼굴은 이내 점점 사라졌다. 그러다 나의 말에 동의하는 듯 고개를 끄덕이며 말했다.

"그렇죠. 정말 아름답죠."

범진과 나는 그것에 대해 이것저것 말을 나누었지만 그것이 무엇인지 모르는 그들은 우리를 이해하지 못한 듯한 눈빛으로 바라보고 있었다. 그런 그들의 모습에 하던 말을 멈추어 보였다.

"아. 죄송해요. 이따 이 결 선배 오면 설명해 드릴 거예요."

그렇게 말하고는 혼란스러워하는 부원들을 뒤로한 채 구석으로 가 휴대전화를 꺼내 들었다. 누군가와 통화를 하는 듯 보였다.

이 결이 누군가를 데리러 간 지 한참이 지났지만 올

기미는 전혀 보이지 않고 있었다. 전화라도 해볼까 하여 휴대전화를 꺼내들었지만 그는 전화를 잘 받는 사람이 아니었기에 휴대전화를 다시 넣어놓았다.

이 결은 그로부터 한참이 지나서야 나타났다. 걸어오는 이 결의 뒤로 누구인지 알 수 없는 다양한 나이대의 사람들이 서 있었다. 서로 이야기를 나누는 그들은 부원들을 바라보며 서 있을 뿐이었다.

"그쪽은, 이것들에 대해 뭔가 알고 있는 거죠? 그렇다면 제대로 알려주세요."

유림 선배가 먼저 말해 보였다. 선배를 뒤이어 종현 선배가 말을 이었다.

"그…… 저희 부원들이 좀 혼란스러워서 그런데, 자세히 설명해 주실 수 있으세요?"

종현 선배의 말에 선배 앞에 서 있던 성인으로 보이는 남자가 우물쭈물 해하며 말을 이어가지 못하고 있었다. 그 모습을 보고 있던 또 다른 남자가 대신 나서서 설명을 해주기 시작했다. 교복을 입고 있는 것으로 보아 나와 비슷한 나이의 또래인 듯했다. 들려오는 이야기에서는 색에 대한 더 깊고 자세한 이야기가 흘러나오고 있었다.

그 남자의 설명이 끝난 이후 홍주와 윤초록이 그들에게 여러 질문을 건냈다. 질문이 끝나고는 더는 할 말이 없는 듯 침묵이 이어졌다. 그 침묵을 뚫고 유림 선배가 자기소개를 했다. 선배들과 홍주, 윤초록의 말이 끝나자 홍주가 뒤에 있던 나와 조 영, 이진을 불렀다. 홍주의 부름에 우리는 쭈뼛쭈뼛 인사를 건넸다.

우리들의 소개가 끝나고 처음 소개를 한 건 매서운 눈빛을 가진 남학생이었다. 그 매서운 눈빛에 비해 서글픈 듯한 모습을 가진 것 같은 남학생은 범진과 같은 1학년 구현담이었다. 그 옆에 서 있던 싱그러운 모습에 남자는 스물두 살의 대학생으로 이름은 윤성후, 초록의 오빠인 사람이었다. 그 뒤에 있던 여성은 남자보다 한 살 많은 스물셋의 지서율이라고 했다. 조금 전 색에 관해 설명해 주었던 남자는 범진과 같은 학년의 우현수로 굉장히 피곤한 듯 보였고 과묵했다. 마지막으로 가장 키가 작은 남자는 중학교 3학년의 이영윤이라고 했다. 다양한 모습을 가진 여러 나이대의 사람들을 만나 사적인 이야기를 나누니 기분이 묘한 듯했다.

우리는 어느새 친해져 있었고 말도 굉장히 잘 통했다. 색에 대해 알고 있다는 점이 그렇게 만든 것 같았다. 낯을 많이 가리던 이진이 조 영 다음으로 그들과 잘 지내는 것 같았다.

이야기를 마치고 한참이 지난 이후 그들은 자신들이 있던 곳으로 돌아갔다. 떠난 그들을 보며 우리도 말없이 숲을 나섰다.

다음날 동아리 실에서 만난 부원들은 전과 다를 바 없었다. 부원들이 그곳을 선생님께 이야기하지 않은 듯했다. 그렇지 않고서야 저렇게 평온한 표정을 짓고 있을 리 없으니.

별다른 말 없이 동아리가 끝났고 집으로 돌아가려는데 부원들이 나를 붙잡았다.

"우리, 다시 거기 가 보자."

누군가가 하는 말에 우리는 너 나 할 것 없이 그곳으로 향했다.

그것들이 무엇인지 모든 설명을 들었음에도 아직은 실감이 나지 않았다. 이게 몇백 년 전 세상의 모습이라니. 하지만 이런 아름다운 것들이 왜 사라지게 된 것일까. 그들도 그것을 알지는 못했다.

"도대체 왜 색이 다시 세상에 나타나게 된 것일까?"

"그거야 모르지. 이 세상이 그러고 싶어서 그런 걸지도."

"그렇지만, 저는 다시 돌아와서 기뻐요. 이렇게 아름다운 걸 부원들과 볼 수 있으니까요."

"맞아. 그런데 오늘 초록이가 없던데, 학교에 안 온 거야?"

"어. 아파서 학교 못 왔어."

"근데 초록이라는 이름, 이 풀이 가지고 있는 색의 이름과 같아."

"정말. 알고 그런 이름을 지어주신 걸까?"

"잘은 모르겠지만, 초록이가 가지고 있는 분위기랑 잘 어울리는 것 같아."

서로 이야기를 나누며 한참이나 그곳에서 시간을 보내다가 이내 숲을 내려갔다. 조 영과 이진은 그곳에 더 남아있을 듯했다.

20

태어나서 처음 보는, 들어보지도 못한 것을 마주하고 있었다. 그것은 너무나 아름다웠고 한시도 눈을 떼고 있기가 싫었다. 어제 처음으로 그것들을 마주했지만 나도 믿기지 않을 정도로 빠르게 그것에 적응해 나가고 있었다.

"조 영. 잠시만 더 있다 갈래?"

조금 더 있자는 이진의 말에 떠나가는 부원들을 뒤로하고 그곳에 더 머물렀다.

"정말 예쁘다. 계속 여기에 있고 싶어."

"나도."

그것을 계속 보고 있어도 질리지 않았다. 오히려 그곳을 돌아다니며 이것은 무슨 색이고 저것은 무슨 색인지 찾아보는 게 즐거웠다.

"그러고 보니 그 우현수라는 애가 그랬지. 옛날에는 사람의 분위기에 따라 색으로 비유하기도 했다고."

"응, 그랬지."

"우리도 해보지 않을래?"

"어?"

"음, 조 영 너는 남들에게 다정하고 누구에게나 친절하잖아. 그 모습이 꼭 주황색을 닮은 것 같아. 따뜻한 주황색."

"아⋯⋯. 나는 그렇게 따뜻한 사람이 아닌걸."

"네가 그렇게 생각하지 않는데도 내가 생각하는 너는 그래."

"그런가."

"응. 그럼, 나는? 무슨 색 같아 보여?"

"음, 너는⋯⋯."

그날 처음 보았던 이진의 환하고 밝은 미소. 어린아이 같았던 그 천진난만한 미소가 왜인지 노란색을 닮은 듯 보였다. 그 웃음이 너무나 밝아서 주변 사람들도 밝게 변화시킬 것 같았다.

"너는, 노란색 같아."

"그래?"

"응. 네가 나한테 보여주는 그 미소가 주변 사람들 역시 밝게 만들어 줄 것 같아."

"그렇구나. 노란색……. 그게 나를 닮은 것일 줄은 몰랐어."

"네가 몰라서 그래. 너 자신이 얼마나 밝은데."

"그렇게 생각하고 있는지 몰랐어. 그럼, 다른 부원들은 무슨 색이 어울릴까? 한 번 찾아볼까?"

"음, 일단 유림 선배는 남색이 어울리는 것 같아."

"왜?"

"선배 성이 남씨잖아. 그래서 그렇지."

"단순하네."

동아리 부원들에게도 어울리는 색을 찾아보았다. 먼저 홍주 선배는 왜인지 그 차가워 보이는 얼굴이 붉은색과 잘 어울리는 듯했다. 초록 선배는 이름에서 보나 분위기로 보나 초록색이 잘 어울렸다. 청우 선배는 드넓은 바다가 가지고 있다고 하는 푸른색. 종현 선배와 범진이는 그 특유의 신비로움이 보라색을 떠올리게 했고 이 결 선배는 차갑고 냉혈한 같았기에 남색이 잘 어울리는 것 같았다.

"어. 이렇게 보니까, 꼭 무지개도 같네?"

"아, 그러게."

"무지개는……. 정말 아름다운 것이구나."

이야기를 나누다 우리 동아리 부원들의 색을 모아보니 무지개가 된다는 것을 알 수 있었다. 무지개라는 것은 그 누가 보아도 매우 아름다운 것인 것 같았다.

21

초록은 감기에 걸렸다고 했었다. 그래서 그때 동아리
에 오지 못했는데 그로부터 이 주가 지난 현재까지 학교
에 나오지 않고 있었다. 겨우 감기 때문에 이 주째 학교
에 나오지 않는다는 것이 이상했지만 한편으로는 감기보
다 심한 질병에 걸린 게 아닌가 하며 걱정이 들었다.

"초록이, 원래 한번 아프면 잘 안 낫는대. 그래서 학교
도 꽤 오래 비울 때가 있었단 말이야. 내가 작년에 윤초
록이랑 같은 반이어서 알지."

"아, 그래?"

같은 반이었던 친구에게 초록에 대해서 알 수 있었다. 면역력이 약한 초록은 어릴 때부터 온갖 질병에 자주 시달렸었다고 한다. 게다가 한 번 걸리면 잘 낫지 않는다는데 이번에 감기에 걸려버린 것이었다.

"초록이가 원래 한번 걸리면 잘 낫지 않기는 하지만, 이번에는 꽤 오래가네."

홍주 또한 오랜 시간 동안 오지 않고 있는 초록을 걱정하고 있었다. 그 걱정이 한 명이 되고 두 명이 되어가고 있을 때 초록이 드디어 학교에 오게 되었다. 같은 학년이 아니었던 다른 부원들은 동아리에서 초록을 반겨주었다.

"미안, 많이 걱정했지? 날이 쌀쌀해서 그런지 감기가 금방 낫지를 않더라고. 정말 미안."

초록은 걱정을 끼쳐서 미안하다며 연신 사과를 건넸다.

"이제라도 감기가 나아서 다행이다. 그동안 힘들었겠네."

"그래도 괜찮았어."

"괜찮았긴. 근데 초록아, 너 이번 주말에 시간 돼?"

"왜?"

"이번에 부원들이랑 다 같이 놀러 가려고 하거든. 너도 되나 해서."

"아……. 나도 가고는 싶은데, 이번에 병원에 검진받으러 가야 해서."

"왜? 아직도 아픈 거야?"

"아니. 그냥 확인차 가는 거지."

"그렇구나. 그래, 알았어. 조심해서 다녀와."

"응. 고마워 홍주야."

*

시내에 있는 큰 병원에서 검진받기 위해 아침 일찍부터 준비했다. 어릴 때부터 몸이 약했던 탓에 정기적으로 하는 검사였다. 몇 년 전부터는 검진받으러 갈 때면 항상 오빠와 함께 갔다. 그날 이후로 오빠는 자신의 눈으로 직접 괜찮은지 확인해야 했으니까.

병원에 들어선 이후 갖가지 검사가 이루어졌다. 검진을 마치고 결과를 기다렸다. 오빠는 초조한지 계속해서 다리를 떨었다. 검진을 받으러 오면 항상 이랬다. 별문제가 없다는 의사 말에 오빠는 그제야 안심한 듯 한숨을 푹 내쉬었다. 오빠는 그런 사람이었다. 누군가가 조금만 아파도 크게 걱정하는 사람. 그 때문인지 나에게는 특히 더 그랬다.

"오빠 약속 있다고 했잖아. 내가 괜히 시간 뺏은 거 아

170

니아?"

"약속 시간까지 아직 많이 남았어. 그리고 너 검진하러 갈 때는 항상 내가 같이 갔잖아. 근데 너, 정말 괜찮은 거 맞아? 이마가 좀 뜨거운 것 같은데. 추우면 오빠 옷 벗어줄까?"

"나 아무렇지도 않으니까, 오빠 입어."

검진을 받은 이후 가까운 곳에서 점심을 먹고는 소화할 겸 길을 걷고 있었다. 오빠는 아무 문제가 없다던 의사에 말에도 아직 감기가 덜 나은 것이 아니냐며 자기 옷을 건네주려 했지만 나는 그것을 거절했다.

"근데 오빠, 전에 갔었던 숲에는 아직도 가는 거야?"

"응. 왜, 너도 올래?"

"내가 가던 곳도 있잖아. 거기 가면 돼. 거기도 색다른 건 마찬가지니까."

"그래, 그럼. 근데 오랜만에 학교에 가니까 애들이 뭐라고……. 어, 현담이?"

하던 말을 멈춰 보이고는 오빠가 어느 한 곳을 바라보았다. 오빠에 시선을 따라보니 그때 숲에서 보았던 그 애가 서 있었다.

"아……. 성후 형……."

그 애도 우리를 보았는지 짧게 인사를 건넸다. 오빠는 그 애를 만난 것이 반가운 건지 함께 카페에 가자고 말했다. 그 애는 처음에는 완강히 거부했지만 오빠의 끈질긴 설득으로 함께 카페에 가게 되었다.

"여기서 너를 다 만나고, 진짜 신기하다."

"그러게요."

그 애는 감정 표현을 그다지 하지는 않았지만 오빠는 그런 모습이 익숙한 듯 보였다.

"초록아, 너는 뭐 마실래?"

"나 아이스 초콜릿……."

"안 돼. 차가운 거 빼고 주문해."

"아, 마시고 싶단 말이야."

"안 돼. 너 감기 나은 지 얼마 되지도 않았잖아. 가뜩이나 날도 추운데, 따뜻한 차나 마셔."

"치. 그러면 왜 물어봤어?"

"예의상 물어본 거지. 현담이는?"

"아, 저는 제가 따로 사서 마실게요."

"사양 말고 오늘은 내가 사줄게. 뭐 마실래?"

"전 아무거나 상관없는데……."

음료를 주문하는 그 둘을 뒤로하고 먼저 자리를 잡았다. 바깥이 훤히 보이는 창가 자리를 골라 앉았다. 가을이었지만 날이 추웠던 탓에 사람들은 모두 하나같이 두꺼운 겉옷을 입고 있었다.

"먼저 앉아 있었네? 나는 화장실 좀 다녀올 테니까 둘이 이야기라도 나누고 있어."

"응. 다녀와."

오빠가 자리에서 사라지니 그 애와는 딱히 할 말이 없었다. 친한 사이도 아니었고 할 이야기도 없었기에 침묵을 유지하며 어서 빨리 음료가 나오기를 기다렸다.

"저……."

"어?"

아무 말이 없던 그 애가 먼저 말을 꺼냈다. 그 애가 무슨 말을 할지 가만히 기다렸다.

"누나랑……. 아, 누나라고 불러도 되죠?"

"그럼."

"누나랑 성후 형은 사이가 되게 좋으신가 봐요."

"그런 편인가?"

"네. 병원도 같이 가주시고 잘 챙겨주시는 것 같아요."

"뭐, 다 내가 자주 아파서 그런 거지."

"……크게 아프신 거예요?"

"큰 병이 있는 건 아니고, 그냥 어릴 때부터 몸이 많이 약했거든. 그래서 그러는 거야. 내가 조금만 아파도 호들갑을 엄청나게 떤다니까?"

"아, 그렇군요."

더는 말이 이어지지 않아 또다시 침묵이 유지되었다. 그 침묵이 어색해서 말을 늘어놓았다.

"오빠가, 원래부터 그런 건 아니었어. 오 년 전에 그 일이 있고부터는 나를 잘 챙겨주기 시작했지. 처음에는 갑자기 그러는 게 불편하기도 했는데, 이제는 익숙해졌어."

"오 년 전이요?"

"응."

"무슨 일이 있었는데요?"

"음, 그건 내가 직접 해줄 이야기는 아닌 것 같아. 나중에 오빠한테 직접 물어봐. 뭐, 이야기해 줄지는 모르지만."

말을 끝마치자 기다렸다는 듯이 진동이 울렸다. 그 소리에 자리에서 일어나 음료를 가지러 갔다. 음료를 가지고 자리로 돌아오자 언제 온 것인지 오빠가 앉아있었다.

"뭐야, 언제 왔어?"

"방금 왔지. 둘이 이야기는 잘 나눠봤어?"

"응. 오빠 아주 좋은 친구를 뒀구나?"

"그럼. 현담이 좋은 애야."

한동안 카페 안에서 이야기를 나누며 시간을 보냈다. 음료를 다 마시고는 카페에서 나와 다시 길을 걸었다. 한참을 걷던 중에 그 애가 나를 불러 세웠다.

"저, 이거 드릴게요."

"음?"

그 애는 처음 봤을 때부터 들고 있던 종이 가방을 건넸다. 종이 가방의 안에는 부드러워 보이는 목도리가 들어있었다.

"이걸 왜 주는 거야?"

"저번에 처음 봤을 때도 목에 머플러 두르고 계셔서……. 친구한테 받은 건데, 저는 필요 없어서요."

"아니, 그래도 미안한데……."

"받아, 초록아."

오빠가 나의 팔을 툭툭 치며 말했다. 그 말에 나는 어쩔 수 없이 그 가방을 건네받으며 잘 쓰겠다고 말했다. 내가 가방을 받자마자 그 애는 집에 간다며 오빠에게 고맙다고 말하고는 이내 발길을 돌렸다.

"내가 아팠다고 해서 준 건가."

"그걸 말했어? 그럼, 그것 때문인가 보네. 원래 현담이가 남 걱정을 많이 하거든."

"그래?"

"응."

가방에서 그 애가 준 목도리를 꺼내 목에 둘렀다. 보드라운 감촉이 목을 따뜻하게 감쌌다. 올겨울은 그 애가 준 목도리 덕분에 따뜻하게 보낼 듯했다.

22

주말이 지나가자, 날은 급격하게 서늘해졌다. 그 때문에 두꺼운 옷을 꺼내 입어야만 했다. 두꺼운 옷에 패딩을 입어도 추위는 가시지 않았다.

겨울이 되자 숲은 온통 새하얗게 물들어 있었다. 그 흰 눈들 사이로 보이는 푸른 잎사귀들이 정말 예쁘게 보였다. 어디엔가 있던 동백꽃도 제 색을 찾아 아름답게 피어있었다.

"동백꽃이 이런 색이었구나. 예쁘다."

"그러게. 붉은 동백꽃이라, 정말 예쁘게 생겼다."

아름다운 그것을 보며 세상에 있는 모든 사람이 이 모습을 보았으면 좋겠다고 생각했다. 세상에 색이 나타나는 것이 앞으로도 계속 이어질 일이라면 사람들은 언제가 이 색에 대해 알게 될 것이다. 이걸 본 사람들은 어떤 반응을 보일까? 우리처럼 아름답다고 느끼며 금방 적응해 갈 수도, 적응하지 못한 채 이상하다 느낄지도 몰랐다. 하지만 내가, 우리가 아름답고 익숙하다 느꼈다면 다른 사람들도 분명 그럴 것 같았다. 나는 이 색들이 다시는 사라지지 않고 계속해서 그 자리를 지켜줬으면 좋겠다고 생각했다.

작 가 의 말

　나는 처음부터 글 쓰는 것을 좋아하는 사람은 아니었다. 하지만 중학교에 올라온 이후 글을 쓰는 것에 관심을 가지게 되었고 짧은 글을 많이 쓰게 되었다. 그러다 학년이 올라가자, 책을 읽는 것에 관심이 생겼고 그렇게 도서관과 인연이 닿게 되었다. 선생님의 권유로 나는 3학년이 되던 해에 도서부에 들어오게 되었고, 기회가 생겨 이렇게 책까지 쓰게 되었다.

　이 책에 나오는 아이들의 고민은 청소년이 가장 많이 가지고 있는 고민과 내 마음속에 피어있던 고민을 일부

넣은 것이다. 아이들의 고민을 어떤 내용으로 할지 고민하던 중에 내 마음속에 쌓아두었던, 아무에게도 하지 못한 고민을 쓰기로 마음먹었다.

또한, 이 글은 원래 이렇게까지 긴 내용을 가진 글이 아니었다. 하지만 여러 내용을 계속해서 추가하다 보니 글이 점점 길어지게 된 것이었다. 아직 미숙할지도 모르는 글을 읽어준 분들에게 감사한 마음을 전한다.